ハヤカワ
時代ミステリ文庫
〈JA1478〉

吉原美味草紙
人騒がせな蟹祭り

出水千春

早川書房
8653

目次

吉原美味草紙　人騒がせな蟹祭り

登場人物

さくら（平山桜子）……………………料理人を目指す武家の娘
竜次…………………………………………料理人
おるい……………………………………〈佐野槌屋〉の跡取り娘
千歳（三代目佐川）……………………〈佐野槌屋〉の花魁
袖浦（袖路）……………………………小倉屋の売れっ妓
おさよ……………………………………〈佐野槌屋〉の遣手
幸助………………………………………〈佐野槌屋〉の番頭
伝吉………………………………………〈佐野槌屋〉の若い者頭
惣兵衛……………………………………大店白水屋の支配役頭
大泉由右衛門……………………………白水屋大坂店の支配役
お初………………………………………竜次の妹
岡部彦左衛門……………………………竜次の父親
佐川（二代目）…………………………〈佐野槌屋〉の元花魁
小菊………………………………………〈佐野槌屋〉の花魁
力也………………………………………さくらのいとこ
武田伊織…………………………………さくらの幼なじみ
長兵衛……………………………………〈佐野槌屋〉の楼主
お勢以……………………………………長兵衛の妻

第一話　ぱりぱり甘い玉子素麺《そうめん》

一

「竜次《りゅうじ》さん、千歳《ちとせ》ちゃんの『突出《つきだ》し』の日まで、あと三日ですね」

「吉原随一の佐野《さの》槌屋《つちや》の大看板、三代目佐川の名前を継ぐお披露目やさかいな。どないな花魁道中《おいらんどうちゅう》が繰り広げられるか、楽しみでしょうないわ」

見世の者たちの朝餉も終わって、潮が引くように人がいなくなった台所で、料理人見習いの、さくらこと平山桜子《ひらやまさくらこ》と、料理番の竜次は、板敷に座って一息ついていた。

佐野槌屋にとって大きな節目となる、突出しの日を目の前にして、連日、豪華絢爛な家具調度が運び込まれ、見世の内は華やぎに満ちている。

引手茶屋や船宿など、佐野槌屋と縁の深い稼業の人たちが、入れ替わり立ち替わり祝いの品を持ってやってくる。女将のお勢《せい》以や番頭の幸助《こうすけ》がにこやかに応対して祝儀の品を渡す。皆がみな笑顔だった。

見世の間のにぎわいを眺め、薄い茶をすすりながら、ほっこりしていると……。

「ほれ、千歳、こっちに来るんだよ」

遣手《やりて》のおさよが、千歳の腕を引っ張るようにして、大階段を下りてきた。

「おさよはんが、千歳に偉そうに説教できるのかて、今の間だけや。あと二日やと思て、目一杯、偉そうにしとるがな。千歳が佐川の名を襲名して『呼出し昼三《ちゅうさん》』の花魁になったら、心の中はどないにしろ、丁重に扱わなあかんさかいな」

竜次は首をすくめながら、愉快そうにかかかと笑った。

「おさよさん、相変わらずですよね。もう少し優しくしてもいいのに」

広い畳敷きを横切って奥へ向かう、おさよと千歳の姿を、苦笑しながら見送った。

「これ、食うてみ。神田通新石町にある『日本橋長門』の『切り羊羹』や。貸本屋の本長が、もらい物の裾分け言うてくれよってん。本長は甘い物が苦手なよってにな」

竜次が、水屋戸棚の奥から、小皿に載せた一切れの羊羹をだいじそうに取り出して、さくらの前に置いた。

「『日本橋長門』は御用菓子の『松風』で有名な店やねんで。知っとるけ？」

「知りませんでした。で、その松風っていうのはどんなお菓子なんですか」

「松風いうとやな……」

竜次が教えてくれる作り方を聞いて、さくらは今すぐにでも作ってみたくなった。

「松風も銘菓やけど、この蒸し羊羹がええねん。備中小豆を厳選しとるんや」

さくらは皿を顔の前まで持ち上げて、まずは香りを確かめた。

「竹皮に包まれていたんですね。すうっとすがすがしい匂いが、ほんのり移っていますねえ」

香りをじっくり楽しんだ後、楊枝で一口、切って口に入れ、柔らかで優しい口当たりをゆっくり味わっていると……。

「一緒に遊ぼうぜ」

佐野槌屋の一人娘で七歳のおるいが、狆《ちん》の福丸を抱きながら、板の間をとてとてと走り寄ってきた。

「皆、忙しいて遊ぶ相手がおらへんのやな。よっしゃ、よっしゃ、わいが相手したるで」

すっと立ち上がった竜次は、鯔背《いなせ》な動きで裾を払った。

「まあ、ゆっくり味おうて食うたらんかい。貧乏人のおんどれには、一生、口にできん上菓子やさかいな」

余分な捨て台詞を残すと、おるいと一緒に奥に向かっていく。

「道場に毎日、通っている力也《りきや》に、やっとうのこつってえものを教えてもらったんでえ」

「ほんまかいや。ほなら、おるいお嬢さまのお手並み拝見といこか」

二人で、楽しげに言い合う声が遠ざかっていった。

父が町道場の道場主であったため、さくらには武道の心得がある。興を惹かれたさくらは、羊羹をゆっくり、有り難く堪能した後、奥の廊下を伝って中庭に向かった。

「あー、やってる、やってる」

広い中庭の奥、土蔵の前でちょこまかと動く、大小二つの影が見えた。

長い廊下には、布団部屋、行灯部屋、奉公人が雑魚寝する部屋などが並んでいる。昼間でも暗く、湿って埃っぽい、布団部屋の前まで来たときだった。

「千歳、ここから出るんじゃねえよ」という、おさよの声がした。

どこか切迫した声音に、さくらは耳を澄ませたが、千歳の声は聞こえなかった。

「もう、なんてこった」

眉の辺りに深い皺を寄せたおさよが、廊下に出てきた。

「おさよさん、千歳ちゃんが、どうしたんですか」

「生意気な口を叩くから押し込めてやったんだよ」

おさよは、言うなり逃げるように立ち去った。

遣手は遊女たちを監督することが役目である。些細なことで、遊女に布団部屋や行灯部屋での謹慎を命じることが多かった。

(千歳ちゃんがなにをしでかしたか知らないけど、相変わらず厳しいなあ)

奉公を始めてすぐの出来事が脳裏に、鮮やかに蘇ってきた。

佐川付きの禿《かむろ》、はつねが、おさよにきつく叱られ、自死を図る騒ぎがあった。佐川はおさよに食ってかかった。取っ組み合いの喧嘩を始めた二人に、さくらは湯をぶっかけて引き離した。

当時は、おさよを、遊女をきつく折檻《せっかん》する、まるで鬼のような人だと思っていたが、しだいに、口の悪さの奥に隠された優しさに気づいた。遊女たちも、おさよを敬遠しつつも、頼りにしていると知った。

「いててて。おるい、もう止めんかい。かんにんやで」

「えい、やー!」

竜次とおるいのにぎやかな声が、間近で響いてきた。剣術ごっこは中庭に移っていた。庭に積もった雪を蹴散らして二人が動き回る。端正に整えられた庭木を傷つけないか、さくらははらはらした。

　おるいが木刀に見立てた、長い枝をめったやたらに振り回す。竜次も木の枝を握っているが、腰が引けていた。おるいの枝が竜次の体を、ばしばしと打つ。

（竜次さんも、元は歴《れっき》としたお武家さまやったんやさかい、もうちょっと受けるとか、かわすとかできんのやろか。見てられへんわ）

　以前、さくらの従兄弟力也が、『を』組の火消したちと、浅草田圃《たんぼ》で大乱闘を始め、竜次らが駆けつけるという騒ぎがあった。その折、後から追いついたさくらが見たのは、へっぴり腰で棒切れを構えた竜次の無様な姿だった。

「竜次さん、頑張って」

　さくらは笑いをこらえながら通り過ぎた。

　昼見世が始まるにはまだ時間があった。楼主の居場所である御内所では、女将のお勢以や番頭の幸助らが、見世に上客を案内してくれる、引手茶屋の主人夫婦と話し込んでいる。

　畳の間を、若い者と呼ばれる男衆が忙しげに行き交い、大暖簾がかかった入り口から、出入りの者たちが、次々に入ってくる。

　今は、台所だけがしんとしていた。

「ちょいとお邪魔するでげすよ」

太鼓持ちの神酒蔵《みきぞう》がひょうきんな物腰で姿を見せた。一階奥へと足早に姿を消す。

突出しの日は、万全を期して迎えねばならない。佐野槌屋の命運がかかっている。座敷で滑稽な芸を披露して宴を盛り上げる、太鼓持ちとも入念に打ち合わせをするのだろう。

「ほんま、ひどい目に遭うたわ」

おるいから逃げてきた竜次が戻ってきた。冬だというのに、手拭いでしたたる汗を拭っている。

「ちびっこ剣豪のお相手、ごくろうさま」

さくらはお茶を淹れて、お茶請けに大根の茎漬けを勧めた。

入り口の様子をのんびりながめていると、出入りする人たちに混じって、大暖簾の隙間から見世の内をうかがう人影があった。

「あれっ、袖浦《そでうら》ちゃんじゃないですか」

「えっ、どこやいな」

竜次が入り口辺りをきょろきょろ見渡した。

「ちょっと見てきますね」

急いで下駄を突っ掛け、土間を横切って大暖簾に向かった。

「袖浦ちゃん」

誰にどう声をかけようかとおどおどしている袖浦に声をかけた。

「あ、さくらさんけえ。これを千歳に渡してくんな」

風呂敷包みを押しつけるように渡すと、袖浦は逃げるように立ち去っていった。

「ま、待って」大声を上げたところに、

「なんやいな」

竜次が暖簾をめくって姿を現わした。

「お祝いを届けてくれたんですね」

「千歳に会うて手渡したらええのに」

「お互い、複雑な思いがあるでしょうからねえ」

「まあ、天と地ほどの差が開いてもうたさかいなあ」

千歳と袖浦は、幼い禿の頃から、血を分けた姉妹のように育った。だが、袖浦は遊女としての独り立ちを前に、女将の後見人だった喜左衛門《きざえもん》によって小見世の小倉屋に鞍替えさせられてしまった。千歳のように華々しいお披露目どころか、いきなり毎晩、何人ものお客を取らされる境遇に落とされた。

「袖浦ちゃんをうちに戻すことはできないんでしょうかね」

「あの喜左衛門を追い出してからすぐ、幸助はんが掛け合いに行ったけんど、買い取った小倉屋は、足元を見くさってからに、えらいふっかけてきよったらしいで。うちの見世かて商いや。可哀想やさかい、なんぼでも金出して買い戻すっちゅうわけにはいかへんねん」

「袖浦ちゃんは、袖路《そでじ》と名乗って、小倉屋ではぴかいちになっているそうですから、小倉屋も手放したくないでしょうしねえ」

「そこやねんなあ」

竜次はきれいに剃った顎をつるりと撫でた。

風呂敷包みは、高価な着物が入っているのか、ずっしりと持ち重りがした。

「袖浦ちゃん、無理したんじゃないですかねえ」

袖浦の、なぜか逼迫したような表情が心に残った。


夜見世が始まる暮れ六ツ近くなった。遊女たちは食事を終えて身支度をしている。

台所の下働きたちは帰り、広い台所はさくらだけになった。

竜次は番頭の幸助に呼ばれて、御内所で、突出し当日に出す料理について相談をしている。お勢以が口の辺りを押さえて笑い、竜次の顔もほころびっぱなしだった。ときおり、いつもの、かかかという馬鹿笑いが台所まで響いてくる。

明日の朝の味噌汁のために昆布を水につけていると、おさよが声をかけてきた。

「さくら、わっちの部屋まで来てくんな」

これから忙しくなる刻限に、わざわざ呼ぶとは……おさよの目の奥にただならぬ影があるのを見て、さくらの心は波打った。

大階段を上ってすぐにある、おさよの部屋に向かった。

「いったい何でしょうか」

「まあ、お座り」

おさよは、いつも開け放たれている障子をすっと閉めて、声を潜めながら切り出した。

「幸助さんと伝吉《でんきち》以外にゃ、まだ話してないんだけど、千歳が大変なんだよ」

「いったい何ですか」

さくらは火鉢越しにぐっと身を乗り出した。

「今朝から急に声が出なくなったんだ。皆が騒ぐといけねえから、仕置きだって名目で、布団部屋に入れてあるんだ」

「えっ！　ひどい風邪を引いたんでしょうか。だいじなときなのに……」

「いつもの久庵《きゅうあん》先生でも良かったんだけど、呼ぶと目立つからね。太鼓持ちの神酒蔵に来させたんだ。あれでも医者だからねえ」

「で、神酒蔵さんは何て言ったんですか」

「気鬱が昂じたせいで、喉がきゅっと締まっちまって、声が出ねえんだとさ。すぐには治らないだろうって言われて、わっちも幸助さんも慌てちまってね」

「気鬱ですか……」

「突出しを日延べってことになっちゃ、そりゃあ一大事だ。見世がこうむった大損が、千歳の借金になって、年季を延ばすことになっちまう」

寒気でもするように胸元をかき合わせた。さくらも血の気が引いていく。

おさよはしばらく押し黙っていた。どこからか隙間風が吹き込んでくる。おさよは、首をすくめてしみじみした口調になった。

「長年、色んな独り立ちを見てきたよ。いざとなると、客を取るのが嫌だと、泣いたりわめいたりする、覚悟が決まっていねえ女が多いよ。好きで吉原に来た者なんていないからね。けど、千歳は違う。腹が決まってる。女郎になるからには、ぴかいちになるって言ってるんだ」

「そうそう、わたしにもそんなふうに言ってました。重い病で臥せっているお母さんのためにも、お金をたくさん稼ぎたいって、健気なことを言ってましたよ」

「この上ない門出なんだ。呼出し昼三なんて、なりたくたって、なれるもんじゃねえ。天狗になっちまう女が何人もいたよ。たとえば……あの佐川なんぞは、突出しのときから、なかなかのもんだったね。軍師役をつとめる番頭新造だって、指図は受けないって、一人もつけさせなかったしねえ。公家の出で、もともと京島原で太夫だったってえんだから、独り立ちじゃなく、吉原でのお目見えにゃ違いなかったけどね」

佐川は誇り高く、とっつきにくかった。おさよから見れば、お高くとまった、鼻持ちならない花魁だったろう。

「その、気むずかしい佐川に、さくらが上手く取り入ったのを思い出したから、こうして頼もうって思ったんだよ。佐川が気鬱の病で療養したとき、上手く立ち直らせてくれたじゃないか。他に頼めそうな者はいねえんだよ」

「もちろん、頑張ってみますけど……」

「このことは皆に内緒だよ。あんたは竜次に何でも言っちまうけど、その竜次にも話しちゃ駄目だよ」

「分かりました。皆の士気に関わりますもんね」

「なんとか治してやって、無事、突出しをさせてえんだ。女郎として生きるって決めたからにゃ、最高の滑り出しにしてやりたいんだよ」

力を込めたおさよの言葉の語尾は震えていた。

（あ〜ほんま、わたしってどうしてこないに鈍いんやろ）

千歳とは関わりが深かっただけに、見世の中の華やぎに紛れて、変化に気づかなかったことが、われながら恥ずかしかった。さくらに泣き言を言いたくとも、以前、女郎として頑張ると大見得を切った手前、意地でも言えず、思い詰めたのかも知れない。

遣手部屋を早々に辞したさくらは、大階段を下りて台所に戻った。

今日は昼間から冷えている。不安にかられながら、布団部屋でどうしているかと思うと、胸が苦しくなった。

なにも喉を通らないに違いない。温かな料理を作って食べさせてやろう。

一刻も早く布団部屋に向かいたい気持ちを抑え、前掛けをして、襷《たすき》をきりりとかけた。

幸い、竜次はまだ御内所で皆と話し込んでいる。

（わたしが励ますより、佐川さんが励ますほうがきっといいよね）

佐川のために作った料理の数々を思い起こしてみた。いつも佐川の横にいた千歳にとっても思い出深いはずだった。

「やっぱり、一番最初に食べてもらった『葛あん粥』にしよう。お腹にも優しくて食べやすいし、こういう寒い日にはぴったり」

　つぶやきながら、ぽんと手を打った。

　味をつけていない粥に、葛あんをたっぷりとかけた朝粥で、京の南禅寺にほど近い『瓢亭《ふくべてい》』の隠れた名物料理だった。

「なに作ってるんや」

　台所に戻ってきた竜次が、いぶかしげに尋ねてきた。

　嘘はなるべく真実に近いほうがいい。

「おさよさんが、最後のしつけとばかりに、千歳ちゃんを布団部屋に押し込めたんです。で……おさよさんに頼まれたんです。食べる物を持っていってやってくれって」

「千歳はまだ布団部屋におるんかいな」

「佐川さんに似て勝ち気な千歳ちゃんだから、出ていいと言われても、意地になって閉じ籠もってるんです。おさよさんは、わたしに説得して欲しいんじゃないですか」

「ほうかいな。わいからも頼むで」

「じゃあ、行ってきます」

　粥に、昆布出汁に醤油を加えた葛あんをたっぷりかけ、さっそく布団部屋に向かおうとするさくらに、

「頼んだで。わいは、惣兵衛《そうべえ》はんにどないな料理を出すか、今から考えんとあかんねん」

言いながら、戸棚から古い帳面を何冊も取り出した。帳面には、料理のこつや留意すべきことが書かれているらしかった。金釘流ながら豪快な文字が、いかにも竜次らしい。

「包丁よりもだいじな、わいの宝やねん」

楽しげにぺらぺらめくり始める竜次を横目に、盆を手にしたさくらは、一階の奥へ向かった。

(千歳ちゃんの悩みをうまく解きほぐせるやろか)

周りが整えられて、期待がどんどん高まっている。いよいよお披露目となれば重圧を感じているのだろう。

二代目佐川を失った佐野槌屋は、一頃《ひところ》の全盛は夢となり、今や凋落《ちょうらく》しつつあった。見世の皆が、三代目佐川に賭けている。大げさに言えば、千歳のこれからに命運がかかっているのだ。まだ十七歳の千歳には荷が重いのだろう。

(急にこうなったんやし、きっと突然、治る。心の中のわだかまりが解けたらきっと……)

さくらは焦る気持ちを奮い立たせ、心の内で拳を握りしめた。

袖浦のお祝いの話も、今話すのは、やめたほうがいい……などと考えながら、

「千歳ちゃん、さくらよ」

廊下に座って盆を置き、布団部屋の戸をそっと開いた。

入ってすぐの床には、手つかずの膳が置かれていた。

薄暗い部屋の隅に、うずくまっていた、か細い影がびくりと身じろぎした。

「入るね」

戸を開けたままではまずい。古びた角行灯に火をいれてから戸をぴたりと閉めた。

床には、おさよとやりとりしていた、文字が書かれた半紙が無数に散らばっている。

「これを食べてみて。葛あん粥よ」

盆を置いたさくらに、千歳はいやいやというふうに頭を振った。

「この粥のこと、覚えてる？　わたしが、佐川さんに初めて食べてもらった料理よ」

千歳ははっと目を見開いて粥に目を落とした。

あのときと同じように、琥珀色に澄んだ葛あんの色が優しく語りかけている。醬油の香ばしい香りと昆布出汁の香りが、暗く湿気た布団部屋の中に広がった。

「少しだけでも口をつけてみて」

器を手渡そうとしたが、千歳は体をこわばらせたままだった。

「わたしねえ。最初のうち、佐川さんをいけすかない高慢な人だと思ってたの。でも、はつねちゃんの一件で、妹思いの優しい人だと知ってね。故郷を懐かしんでもらえる料理を作って食べてもらおうって考えたの。あのときはほとんど食べてもらえなくて、千歳ちゃんたちが食べたんだっけね」

うんうんと、千歳が大きくうなずいた。大きな目の端に、透明な光がふくらんでいく。

「でね、佐川さんに『せいだいおきばりやす』って言われたとき、てっきり嫌味だと思ったんだ。で、次こそ、美味しいと言ってもらおう、佐川さんと勝負するぞって、闘志を燃やしたの」

千歳は、初めて聞かされたさくらの胸の内に、驚いたようだった。

「佐川さんが、気鬱の病で、箕輪の寮に出養生することになって、わたし、旦那さんに頼んで、おさんどんとしてついて行くことになったでしょ。佐川さんの具合が心配で大変だったけど、千歳ちゃんたちと仲良く暮らせて、ほんとあの頃が今でも宝物みたい」

千歳は、口元にほんの少し笑みをたたえながら、大きくうなずいた。

さくらは床に目をやった。

千歳は半紙に『姉さまに会いたい』と書き記した。

（あ〜、ほんとの事を千歳ちゃんにも教えてあげたいんやけどなあ）

佐川は、大坂で乱を起こして鎮圧された大塩平八郎の縁者で、心酔する平八郎に軍資金を差し出すための身売りだった。

決起の失敗と平八郎の死を知って、生きる気力をなくした佐川だったが……さくらの心のこもった料理で、ついに心の扉を開き、実の姉妹のような間柄になった。

佐川は生き直す気になって見世に復帰し、以前にもまして売れっ妓となったものの、お上の探索の手が迫ってきた。

素性を承知で雇い入れていた楼主長兵衛《ちょうべえ》は、佐川が自死したと大芝居を打って、長兵衛の故郷若狭の国へ逃した。秘密を知っているのは、番頭の幸助、若い者頭の伝吉、さくらの従兄弟力也、小菊《こぎく》、そして竜次だけで、女将のお勢以すら知らなかった。

佐川との思い出は、千歳にとっては、懐かしくも辛いものに違いない。自分たち妹女郎を放ってあの世に行ったと思えば、恨み言も言いたいだろう。

（どない言うたらええんやろか）

さくらは粥から立ち上る湯気を見つめた。

佐川はこの料理を喜んでくれた。口ではつれなく言ったが、おせっかいを焼かれたことが嬉しかったと、後になって打ち明けてくれた。

この際、嘘の上にさらに嘘を一つ重ねてみよう。佐川さんも、この嘘を許してくれるに違いない。さくらの中に棲んでいる、『おせっかいの虫』が後押しする。

「表には出さなくとも、佐川さんだって、いっぱい悩んでたんだよ。佐川さんも、皆と同じ、弱い人だったんだよ」

千歳の黒い瞳が、心の中をのぞき込もうとするように、さくらの目を見詰めている。

「一度は立ち直った。でも……ぷっつり糸が切れてしまったんだよね。千歳ちゃんたちのことを思わないはずないから、どうにもならないわけがあったんだと思うよ」

そこでさくらは一つ息を吐いた。

「皆《みんな》、弱くて、駄目なところがあって、皆、それでいいんだよ。駄目な自分を受け入れて、肩の力を抜いて生きようよ」

さくらの言葉に、千歳の目が見開かれる。

千歳は粥の入った器を手にした。じっと見詰める。

もう一押し。でも、なにをどう言えばいいんだろう。

戸惑っていると……。

「千歳、袖浦から祝いが届いてたで」

竜次ががらりと戸を開けて乱入してきた。

〝あ、あの……今、その話は、かえって千歳ちゃんを追い詰めてしまいます〟と言いたかったが、後の祭りだった。

「ほれ見てみ、千歳」

千歳は目の前に置かれた風呂敷包みににじり寄った。風呂敷を開く。

中から畳紙《たとう》に包まれた着物が現れた。震える手で畳紙を開く千歳の指先を、さくらは息をこらして見詰めた。

中から裾模様に水草の間を泳ぐ金魚が描かれた、額仕立ての常着が現れた。

千歳の目が大きく見開かれた。

「わいには、よう分からんけど、ええもんやがな。こないに高いもん、祝いに持って来《こ》れるっちゅうことは、それだけ袖浦が稼いでるてこっちゃがな。喜左衛門のせいで鞍替えさせられたことかて、災い転じて福になったんや」

竜次の言葉が耳に入っているのか、いないのか、千歳は着物に見入ったままで、じっとしている。

声が出なくなったことを竜次に伝えようと思ったが、竜次は、

「千歳、肩に力が入り過ぎやで」といきなり言い出した。

はっとしたように、千歳が着物から目を上げた。

「千歳の肩に見世のこの先がかかってるとでも思てるんか？　それは、ど厚かましいいん

とちゃうか」

「そ、そんなふうに言わなくたって……」

床に散らばった半紙が目に入らないのだろうか。いきなりきついことを言う、竜次の鈍感さに頭がくらくらした。

「見世は皆の力で盛り立てるもんや。千歳は頑張って、それなりに光るだけでええ。その光が誰かを照らす。その誰かがまた輝きを増すっちゅうわけで、皆が光っていく。そしたら見世中が勢いづく。そんでええのんとちゃうか」

千歳は無言で竜次を見詰める。

「何だか……分かる気がします。周りに期待され過ぎて、自分の肩に見世の命運がかかっていると思えば、そりゃあ、誰だって押しつぶされそうになりますよね。でも、華やかなお披露目で景気づけられて、皆の気持ちが上向けば、どんどん皆で光れるようになれる。そういうことですよね」

さくらは言いながら、思いを整理してみた。

「……」

千歳は粥の器を手に取って、箸を使い始めた。

黙々と口に運ぶ。

さくらはただ見詰める。

「どないや。美味いか？　さくらが作りよったんやさかい、たいした味やないけどな」

竜次がかかかと笑う。

千歳は、器を傾けながらすする。

器の中の粥は、きれいさっぱりなくなった。

「あー、美味かった」

千歳は空いた器を盆に置いた。

「千歳ちゃん、声が出てるじゃない！」

声が震えた。

「ほ、ほんとだ。馬鹿みてえ」

千歳が、他人事のように、ははは と笑った。

「え？　声がどうので何の話やねん」

竜次が驚いたように尋ねた。

「ほんとに姉さんの名前を継いでいいんだろうかって……二代続いた佐川という名前を汚すんじゃないかと怖かったんでえ。だけど……さくらさんの話で心が軽くなったんだ。

そこへ、竜次さんのあの言葉だろ。ぱっと目が覚めたんだ。自分でもよく分からねえけど、急に声が出たんだ」

「ほんとうに良かった」

目尻が熱さを増していく。

「今はまだこんなわっちでいいんだよな……色々学んでいけば、もっと佐川姉さんに近づける。そして、そのうち追い抜かすよ。きっと死んだ姉さんだって喜んでくれるよね」

「ぼちぼちでええんや」

竜次が千歳の肩をぽんと叩いた。

「うん」

千歳は子供っぽい笑顔で応え、竜次が何度も何度もうなずく。

「美味かったよ、さくらさん。今まで食った中で一番でえ」

盆の上に戻した、空の器を見ながら、つくづくといった口調で言ったかと思うと、

「あ、違う、違う」千歳はいきなり打ち消した。

「え？」

「美味かったといやあ……わっちにとっての一番は、やっぱりあの『柿衣』だよな」

柿衣は、干し柿の中に栗の甘煮を入れて、さっと油で揚げた後、輪切りにした、色目

も形も可愛いお菓子だった。

「柿衣かあ。柿衣といえば、喜左衛門のせいで、突出しができなくなりそうになったときのことだよね。竜次さんから、千歳ちゃんが深夜にたった一人で、お百度参りしてると聞いて、九郎助稲荷まで持っていって食べさせたんだよね」

「そう、そう」

「来年、栗の季節になったら、また作ってあげるね」

「うん。そんときゃ、わっちも大いに稼ぎがあるから、干し柿と栗を、嫌というほどたくさん買ってやるよ。で、さくらさんに作ってもらって、見世の皆に食べてもらうんだ」

千歳は胸を張った。

「それでこそ千歳ちゃんだよ」

さくらは胸の前で拳を軽く握ってみせた。

「千歳は佐川以上の名花になるで」

「竜次さんったら、そういうふうに言うから、荷が重くなるじゃないですか」

さくらの言葉に、竜次がかかかと笑い飛ばした。

千歳は、まるで他人事のように、くったくなく笑う。

（竜次さんはいつも千歳ちゃんのこと、気にかけてる。もしかして、竜次さん、ほんとは声が出ないこと、誰かから聞いてたんじゃないのかな）

さくらは、目尻を下げて笑う竜次の横顔を見ながら、ふと思った。

二

いよいよ明日は、道中の突出しの日である。

緊張の色を隠せないものの、千歳は晴れ晴れした顔つきをしている。

もう心配などいらない。千歳をさらに励ましたくなったさくらは、鼻歌交じりで、お菓子を作り始めた。きっと喜んでくれるに違いないと思えば、楽しくて仕方がない。

さくらが佐野槌屋の台所で働くようになって八カ月余り。その間に、見世を追い出されるなど、さまざまな出来事があった。今はこの台所に戻って、竜次とともに料理に携われる幸せが、宝物のように大切である。今日も朝から冷え込んで、雪がちらついているが、心は春真っ盛りのように温かかった。

「いってえなにを作るんでえ」

狆の福丸を抱いたおるいが、さくらの周りをうろうろする。

「千歳ちゃんへのお祝いというか……最後の仕上げで頑張ってる、千歳ちゃんへの励ましのつもりで、ささやかだけど、『玉子素麺』ってお菓子を作ってるの」

「相変わらずのおせっかい婆ぁでえ」

おるいの黒い瞳が、さくらの顔を見上げた。

「そう言えば、おるいちゃんの『帯解《おびとき》』、来月だよね」

「そんときゃ、おれっちのためにもなにか作ってくれるんだろうな」

「もちろんよ。あっと驚くすごいお菓子を作るからね」

「ようし。それなら許してやらあ」

おるいは腰に手を当てながら、鼻を鳴らした。

真っ白な砂糖をふんだんに加えて砂糖蜜を作った。ほぐした玉子を、玉子の殻ですくって、細く落とし込む。素麺状に固まった玉子を取り上げる。手を休めず、どんどん作っていった。甘い匂いがほんわりと辺りに漂う。

「甘くってかりかりしてらあ」

おるいが作るそばからつまみ食いする。

見世の内は華やぎ、女将や番頭をはじめ、見世にいる男衆――若い者たちの声も明るく響いてくる。福丸がおるいやさくらの足元にじゃれついて邪魔をする。

「ほんまに祭りの前日みたいやな」

竜次が浮き浮きした口調で言った。

「わたしは大坂生まれなので、祭りといえば、天満の天神さんですけど、岸和田では、だんじり祭がすごいんですよね」

「へなへなした天神祭なんかの比やあらへんがな。だんじり祭は、ほんまもんの男の祭りや。だんじりが、町の辻できゅいん、どどて勢いよう曲がるんが、『やり回し』っちゅうてな、そこが見所なんや。どんだけ沿道の建物ぎりぎりで通るかが勝負や。あちこちぶつかって派手に壊しよるけど、そこがまたええんや。どないに家やら店やらをぶち壊されても誰も怒らへん。ほんで、だんじりに乗ってるもんの中で、いっちゃん偉いのが『大工方』っちゅうねん。わいは毎年、宮三町、村方のうち、五軒家町の大工方、それも大屋根に乗る大工方を務めとったんやで。『ちょうさや、えやえや』いう掛け声と一緒に、高うて急な大屋根の上で、動きの指図しながら、扇子持って、曲芸みたいにひょいひょい跳んだり、煽ったり。見てるもんをはらはらさせたり笑わせたりするんや。ああいう姿をさくらにいっぺん見せたかったわ」

鼻息も荒く、一気呵成に語った。

「すごい。竜次さんはそんなだったんですね」

おどけていながらも、きびきびした動きで舞う、竜次の勇姿を思い浮かべた。

「ほんでな。『蟹祭り』とも呼ばれとるくらい、『渡り蟹』を食いまくるんが慣わしなんや」

「渡り蟹ってどんな蟹ですか？　普通の蟹じゃないんですか」

北国では、たらば蟹、ずわい蟹、毛蟹が獲れるが、江戸や京坂では滅多にお目にかかることがなかった。

「岸和田では渡り蟹ちゅうんやけど、江戸前では、単純に蟹て呼ばることが多い、蝤蛑《がざみ》のこっちゃがな。冬のほうが美味いねんけど、岸和田では祭りで食うもんとされてるんや。そらもう、皆で、津々浦々の渡り蟹を食い尽くすくらいの勢いで食うねん」

懐かしげに目を瞬かせた……と思うと、

「そこまでは良かったんやけんどな」急に真顔に戻った。

「わいがだんじりに夢中になり過ぎるんで、『傍系とはいえ、御領主さまの家系につながる、栄えある岡部家にはもってのほか』て、父上によう叱られたもんや。『来年はもう辞める』『今年こそ最後』て言いながら、毎年、引き延ばしてたら、二十一歳のときに、とうとう『勘当いたす』て言われてん」

「ええっ。勘当されたんですか。久離の届けを出されたら大変。無宿人になっちゃうじゃないですか」

「世間体もあるさかいに、父上かて、だいぶためろうてたんやけどな……」

そこまで語って、竜次は急に口をつぐみ、蒲鉾作りに戻った。

見世のざわめきがふと途切れ、通りから吹き込んだ風が、大暖簾をはたはたと揺らす。

「千歳ちゃんの水揚げ、つい五日前でしたよね」

相手は木村惣兵衛という、大店白水屋の支配役頭だった。白水屋は、日本橋本町通りにある呉服店で、京の本店にいる、名ばかりの主人に代わって、惣兵衛が、各地の出店を含め、すべて取り仕切っていた。

「女郎としてうまいことやっていけるよう、見世のほうでも水揚げには、えらい気を使うんや。初めての男で、いきなり怖い思いをしたり、嫌な思いしたら、先々、女郎としてあんじょうやっていけへんよってにな。そやさかい、相手は遊びを極めた爺ぃがええわけや」

「なるほどねえ」

「佐川花魁の太い客やった惣兵衛はんが、水揚げの役目だけやのうて、千歳の後ろ盾まで気ぃ良う引き受けてくれよって、ほんまに良かったわのう」

水揚げの日に、ちらりと見ただけだが、惣兵衛は品良く好もしい教養人のようだった。妓楼の主に似合わず、学問と教養を重んじた、亡き長兵衛を思わせた。

「そう言えば……あの騒動のときは大変でしたよね。竜次さんたら、自分のことのように憤慨してましたよねえ」

「喜左衛門のぼけなす。なんぼどついたろて思たかしれんで」

竜次はまくった腕を撫でた。

楼主長兵衛の病死後、女将お勢以の後見人として乗り込んできたのが、品川で飯盛旅《めしもりはた》籠《ご》を営んでいた異母弟喜左衛門だった。

ある晩、喜左衛門が、お勢以を手籠めにしようとするところを止めたため、さくらは難癖をつけられて見世を追い出された。

さらには……千歳の突出しは、安あがりの『袖留』——大層なお披露目をせず、見世格子のうちに並んで見世張りを始めるだけにすると言い出した。袖留では、呼出し昼三になれない。

「あのときは大変でしたよね。気の弱い女将さんは、喜左衛門の言いなりだったし」

「佐川が残した金子《きんす》やお宝で、立派に道中の突出しができたってのによ」

おるいが頰をふくらませながら、口をはさんだ。

道中の突出しの費用は、『御役』といい、姉女郎が負担する慣わしだったが、その佐川が突然『自死』し、千歳は後ろ盾となる姉女郎をなくしていた。

「佐川はだいじな御役を控えてるのに、何で自死しちまったんだよ」

秘密を知らないおるいが納得できないのも無理なかった。

「確かにそうやな」

口ごもる竜次に、おるいはしみじみとした口調で言った。

「佐川は早まったことをしちまったけどよ。ほんとは、やっぱり千歳のことが気になってるんだな。丑三ツ時に、表の通りを道中する下駄の音が聞こえる、佐川の亡霊が出るって噂を聞いたぜ」

「えっ」

「ほんまかいや」

さくらと竜次は顔を見合わせ、噴き出しそうになるのをこらえた。

「ほんま、悪辣な喜左衛門を追い出せて良かったわのう」

親類筋から後見人に推されたという触れ込みだったが、裏で親戚たちを騙し、脅していた。博打の借金が嵩んでいた喜左衛門は、佐野槌屋を我が物にしようとしていた。

「あのときは、ずいぶん気をもみましたね」

言いながら、最後の玉子素麺を砂糖蜜から引き上げて、懐紙を敷いた笊《ざる》に盛った。

「疫病神のあの塚本左門《つかもとさもん》が出張ってきよったときは、ますます難儀なことになるて思たんやけんど、何でか、えらい、こっちの肩を持ってくれて、喜左衛門は尻尾を巻いて品川に逃げ帰りよった。一気に事が収まったんやけど……」

「左門さまは、喜左衛門の品川での行状を調べさせてくれたんでしたね」

竜次は、隠密廻り同心塚本左門とさくらの間に起こった、複雑な経緯を知らなかった。

(悪《わる》で通ってる左門さんが、案外、ええ人やて言いたいけど、黙っとくしかあらへんしな)

思いながら竜次の顔を見た。派手派手しい顔の中で、睫毛の深い大きな瞳がきらきら輝いている。三十歳を過ぎているが、竜次の目は子供のように青く澄んでいた。

「千歳に肩入れし過ぎでえ。若い頃、岡惚れしていた娘に似ているんじゃねえか」

「そないなことあらへんがな」

おるいに指摘された竜次は、ほんの一瞬、酸い顔をした。

初恋の人といえば……。

(あれからどないしてはるやろか。どこを旅してはるんやろか)

ほわんとした思いの中で、幼なじみだった武田伊織《いおり》の精悍で凛々しい姿を思い浮かべた。涼やかな瞳、並びの良い白い歯がすぐ目の前にあるような気がした。

「じゃあ、持っていきます」

菓子鉢を載せたお盆を手に、とんとんという音も軽く、大階段を上った。

「あ、やってる、やってる」

中庭に面した長い廊下では、千歳が、花魁道中のための稽古に余念がなかった。道中さながら、豪華な打掛けを着て、外八文字で歩く顔は急に大人びて見えた。

花魁道中では、極端に高い三ツ歯の下駄で、仲之町をゆるゆると練り歩く。三枚重ねの豪華な衣装はずっしりと重く、前で結ばれた本帯も、異様にかさばる大層なものだった。

歩き方を身につけるには三年かかると言われ、禿から振袖新造になってすぐ修練を積まないと間に合わなかった。

「ただそろそろと歩けたって駄目だよ。きれいに外八文字を描いて形良く歩かなきゃ」

常着姿の小菊が、自分も道中用の下駄で歩きながら、口うるさく指図している。だが、余裕のある歩き方には見えなかった。

小菊は千歳らの姉役を引き継いでいるが、見世張りをして客を待つ『座敷持ち』でしかなかった。花魁道中ができる呼出しではないので、今まで一度も花魁道中をしたことがなかった。

「すっころんだら大恥だよ。姉女郎としてついていくあたしだって迷惑だからね」

道中で下駄を転がしでもすれば一大事だった。すぐさま近くの茶屋に上がって、総振る舞いの散財をする慣わしである。大恥だけでなく、大損だった。

「よう分かっているでありんす。転ぶものではありいせん」

千歳はありんす言葉——里言葉で優雅に答えながら、廊下をゆったりと歩んでいく。

小菊さんのほうが転んで恥をかきそう。

さくらは袂《たもと》で口の辺りを押さえて笑いを殺した。

(おるいちゃんが言うてた、佐川さんの幽霊っちゅうのは、お客さんが寝付いてからこっそり練習してる小菊さんなんやな)

千歳への叱咤も、本当は、我が身に言い聞かせているのだろう。

千歳が着ているのは、佐川が一番気に入っていた打掛けだった。さくらが見世に来て、初めて見た花魁道中の際も、この打掛けをまとっていた。佐川といえば、この打掛けを思い浮かべるほど、印象深い打掛けだった。

「千歳ちゃん、佐川さんが生き返ったみたい」

さくらの言葉に、千歳は、大きな 笄《こうがい》、櫛、簪《かんざし》を、全部で十六本もさした、重そうな頭を、人形のような所作でゆっくりと向けて、はにかむように笑った。

「じゃあ、道中の練習はこれで終わりにしようか」

小菊が、脱ぎ散らすように下駄を脱いで、上草履に履き替えた。はつねがすかさず拾い上げてだいじそうに懐に抱いた。千歳も下駄を脱いで、つるじが受け取る。

「じゃあ、千歳の部屋に行くとするか。はは、昨日まではわっちの部屋だったんだけどよ」

すたすた最奥に向かう小菊の後ろに従った。

「そうそう、このあいだ、伏見町の小見世でちょっとした騒ぎがあったのを知ってるかい」

小菊がさくらのほうを振り向いて話しかけてきた。

「えっ。知りません。騒ぎって何ですか」

小菊はいい加減な噂話を吹聴するのが悪い癖で、おかげで、力也にあらぬ疑いがかかったこともあった。

「貸本屋の本長から聞いたのさ」

小菊は笄で頭を搔きながら言った。

「何でも、大店の手代が女郎に入れあげて、店の反物をちょろまかしたり、得意先から集めた金を我が物にしてたので、その見世にも、お上のお尋ねがあったんだ。知らずにのこのこやってきた手代は、見世の連中に袋叩きにされてつまみだされたってよ」

「へぇえ」

さくらは気のない返事をした。

花頭窓の配された最奥の部屋まで来ると、襖が開けっぴろげになり、若い者が上等そうな屛風を運び込んでいるところだった。

廊下の側から冷たい風が吹き込んできた。中庭の中空を白いものが落ち始める。

「十月も半ばを過ぎて、冬らしくなってきましたねえ」

さくらはほんの少し首をすくめながら、廊下に面した障子を閉めた。

「この打掛けを着て八文字の練習をすると、佐川姉さまについていてもらうようで、心強かったなんし」

千歳は着ていた佐川の打掛けをゆっくりと脱いだ。

三枚重ねの打掛けは、細かに染め上げられた梅の裾模様だった。金糸銀糸の緻密な縫い取りがふんだんに施されている。控え目な色合いだが、しっかりした枝振りから、内に秘めた火のような激しさが感じられる意匠だった。

はつねが受け取ろうとするのを制し、千歳は、宝物でも扱うように、自ら衣桁《いこう》にかけた。

佐川が目の前にいるような、優雅な仕草だった。

「さあ、さあ、千歳ちゃんのためにお菓子を作ってきたから、皆もお相伴しようね」

お盆を座敷の中程へ進めた。はつねとつるじがお茶の用意を始め、後からやってきた振袖新造の菊琴と笹の井も加わった。

「実はよ……」

千歳はほんのわずかだが眉根を寄せた。

「一日だけでも、この打掛けで道中をしたかったんだ。けど、惣兵衛さまがあつらえてくれた打掛けを着ないといけねえって、女将さんにも幸助さんにも言われちまってよ」

普段の言葉遣いに戻った千歳が、いかにも残念そうに言った。動きや表情まで、もとに戻っているさまが微笑ましい。

「七日の間、毎日、別の打掛けに着替えて道中をするんでしょ。七枚全部惣兵衛さんが？」

「さすが、白水屋。太っ腹だろ。姉女郎の朋輩が贈る打掛けを、代わる代わる着るってえしきたりなんだけどねえ」

小菊が呆れ顔で口をはさんだ。

「たった一日だけでも姉さまと一緒に道中をしたかったたんだけどなあ」

千歳はあくまで悔しげである。佐川が死んだものと思い込んでいるから、この打掛けを着たいという思いは、強いに違いなかった。

「さあ、食べようね。まずは千歳ちゃんからね」

さくらは大鉢にかかった布巾を、もったいぶった動作で取った。黄色い歓声が上がる。

「どれどれ」

千歳が玉子素麺に手をのばした。小さな口に放り込むと……ぱりっ、ぱりっと、可愛い音がした。

「甘めぇや。卵の味が濃くって、練習の疲れがふっとんじまう」

千歳が口元を思い切りほころばせた。

それを合図に、皆がどっと寄ってきて菓子鉢に手を伸ばす。たくさん作ってきたはずが、あっという間に食べ尽くされてしまった。

さくらは菓子鉢の隅に残った、ほんのひと欠片を口に放り込みながら、佐川の打掛けに目を向けた。

そうだ。

さくらはぽんと手を打った。

「小菊さんが佐川さんの打掛けを着て道中をするのはどうでしょう」

さくらの言葉に、千歳の顔がぱっと明るくなった。目力をこめて小菊のほうを見る。

「ようし。わっちが着てやらあ。七日間毎日だって構わねえさ。毎日同じ衣装だって陰口叩く奴らもいるだろうけど、わっちは平気の平左さ」

小菊は男気たっぷりに胸をぽんと叩いた。

「じゃあ、小菊姉さま、よろしくお願いいたします」

衣桁から打掛けをはずすと、丁寧に畳んで、捧げるような手付きで小菊に手渡した。

「あんたの晴れ姿を見りゃ、亡くなった佐川だって大いに喜ぶさ」

小菊はしんみりとした口調で言いながら、さくらのほうを見て、ぺろりと舌を出し、さくらも千歳に分からぬよう首をすくめた。

遠い若狭の地で尼として静かに暮らしている佐川の姿を心に思い描いた。花魁姿も美しかったが、墨染めの衣を着た尼僧姿は、佐川の清楚さを引き立たせ、もっとずっときれいに違いなかった。

佐川さんのように、お慕いするお方のために身を売ることができるだろうか。

師大塩平八郎に対する気持ちは、色恋ではなかったろう。だが、男女を問わず、誰かを慕う心のうちには、強い恋情が含まれているのではないか。

さくらはまたも、思い人である武田伊織の凜々しい姿を思い浮かべた。

千歳は、誰かを好きになるだろうか。その先にどんな道が続くのだろう。かつての花魁たちの中には、年季の途中で落籍されて安気な暮らしをしている者もいる。年季明けに好き合った者と所帯を持った者もいる。

そんな幸せに巡りあえなくとも、吉原内で遣手や番頭新造として地道に、暮らしを立てている者もいる。たとえ地味であっても、いつか幸せの花を咲かせてやりたい。無事に年季明けを迎えさせてやりたい。

さくらの中のおせっかいの虫が腕まくりした。

三

いよいよ、千歳が佐川の名を襲名して、呼出し昼三として一本立ちする日となった。

今日から七日の間、懇意な引手茶屋を毎日、一軒ずつ巡ってお披露目をする。中庭にある池の端では、山茶花《さざんか》の紅色の花が今を盛りに咲き誇っていた。

昨晩のうちに竜次は、自分の家から、風呂敷に包んだ大きな荷物を運び込んで、台所の隅に置いていた。今朝は今朝で、早くから日本橋まで仕入れに出かけて、なかなか戻ってこない。見世の者たちの朝餉は、さくらが下働きの人たちの手を借りながら作った。

「腕が鳴るでえ」

大荷物を背負って戻ってきた竜次は、軽衫《かるさん》を穿いて前垂れをし、きりりと襷をかけると、宴席に出す料理に取りかかった。お膳は、惣兵衛と連れとの二人分だった。

「『向』は、『ほうぼうの昆布締め』や。切り身を巻く昆布かて、よう吟味した極上の松前の昆布や。ほんで『椀盛り』は、『鴨進上』。『焼き物』は『太刀魚の菜種焼き』、ほんでから『強肴《しいざかな》』の揚げ物は『つくねの五目あん』、蒸し物は『蕪蒸し』。煮物は『鶏の長崎煮』や。ほんで『香の物』は『蕪の葉のきんぴら』。締めの汁と飯は『芋粥』に『蜆《しじみ》の冬瓜おろし汁』。『口休め』で、梅肉と松の実の『小吸い物』。これは吸い物ちゅうより、飲み物っちゅう感じやさかいに、味つけはごく薄味にするつもりや。ほんで食後に『白玉南瓜』。最後は『利休以来の干し柿』や」

子供のように得意げに、一気呵成に語ったが、いつもの早口ではないので、一語、一語がはっきりと耳に届いた。

「す、すごい」

台所の土間や板の間に色とりどり、形もさまざまな材料が並べられているさまを見るだけでわくわくしてくる。

「ほな、取りかかろかいな。こないな料理は久しぶりや。いやいや、全部、一人で作るんは、考えたら初めてやなあ」

二等分に切り分けた鶏の胸肉を鍋に入れ、水、酒、生姜の皮を加えて竈《かまど》に載せた。

「途中であくを取りながら、柔らこなるまで三刻くらい煮るんや」

「わたしにも手伝わせてください」

「あほんだら。これはわいの料理として出すんやさかい、手ぇ出すんやない」

千歳の晴れの舞台に、料理番として、精一杯、華を添えるつもりなのだ。

「分かりました。見ているだけにします。でも、野菜を洗うとか、鶏の鍋のあく取りくらいはしますよ」

さくらの言葉に、竜次がにやりと笑った。

「ま、そのくらいはええとしといたるわ」

うきうきわくわくな気持ちが、結ばれた糸を伝うようにびんびんと伝わってくる。さくらの口元もほころぶ。

次は、まな板に載せたほうぼうを捌き始めた。

「ほうぼうは体が丸いさかい、三枚下ろしより『大名おろし』のほうがええねん。よう見ときや」

先に切れ目を入れずに、骨に沿って尻尾のほうに向けて身を切り取る。ただ包丁を使っているだけなのに、手さばきが流れるようで、気品すら感じられた。

「骨に身がたくさん残るぜいたくなおろし方だから『大名おろし』って言うわけですね」

立派な松前昆布にほうぼうの身を載せ、上にも昆布を重ねて隙間なくはさむ。なにげない動きに、得も言われない美しさがあった。繊細な動きをする手が、がさつな本人から生えていることがおかしい。努力もあるだろうが、持って生まれた才があるのだ。

よれよれのお爺さんになったら、こういうわけにはいかないだろう。竜次ならそうなる前にすっぱり料理人をやめるのではないか。竜次の手さばきに魅入りながら、そんなことをぼんやり考えた。

「こないして昆布で巻くと、余計な水分が吸われて、味がくっきりするんや」

「わたしも食べてみたいです。大坂にいた頃、お客さまのために、亡き父が昆布締めを作って、わたしにもお相伴させてくれたんですよね」

「さくらが自分の店を持ったときは、なんぼでも作って、客に出すついでに、好きなだけ食うこっちゃな。いつになるか分からんけんどな」

竜次が愉快そうに笑った。

竜次はとにかく手際が良い。八面六臂の働きとはこのことだった。たくさんの料理の下ごしらえをどんどんこなしていく。なにか茹でている間に、別の料理の味つけをし、薬味を刻む。手伝うさくらは、なにが何だか分からないながらも、竜次の指図で、独楽鼠のようにくるくる立ち動いた。

（おんなじ人間とは思えんわ）

竜次の手はまさに神さまの手だった。

「さくら、来いよ」

福丸を抱いたおるいがやってきて、さくらの袖を引っ張った。

（このお見世に来たとき、おるいちゃんがいきなり声をかけてきて、一緒に佐川さんの花魁道中を見物したっけ）

思い出して口元に笑みがわいてきた。

「ちょっと外を見てきます。見張ってなくても、鶏のあくはもう出ないみたいですし」

おるいに手を引っ張られながら裏口から出て、隣家の丸屋との間の路地から表通りをのぞいてみた。

江戸町二丁目の通りには、大勢の見物客が集まっていた。

男ばかりでなく、女や老人、子供まで……大勢の人が、今か今かと、大暖簾をぐって佐川が姿を現すのを待っている。

「先代の突出しのときより多いかもなあ」

頬を紅く染めたおるいが、さくらの顔を見上げた。

「まだでごわすか」

「国へのええ土産話になりもす」

「吉原の女郎がどれほどのもんか見定めてやりもす。国のほうが、むぞかおなごんこが、ずんばいおりもす」

薩摩訛りが聞こえてきた。

江戸に出てきたばかりらしい勤番侍、俗に浅葱裏《あさぎうら》とやゆされる侍二人が、無粋な大声で騒いでいる。

「おるいちゃん、今朝配ってもらったんだけど、まだ食べてないんだ。半分こしよう」

さくらは懐紙に包んで胸元にしまってあった、『竹村伊勢』の上用饅頭を取り出した。

上用饅頭は、上新粉と砂糖に、すりおろした山芋を混ぜて作られた皮で餡を包み、蒸《せい》籠《ろ》で蒸した饅頭で、ほんわり柔らかな皮と、しっとりとして上品な餡の味が人気だった。

竹村伊勢は、佐野槌屋のすぐ近所にあり、通るたびに、店先から漂い出る、美味しそうな匂いがたまらない。

「こっちがいいや」

割ったうち、大きいほうの半分を奪い取るようにして、おるいは、一気にほうばった。

「おるいちゃん。もう半分もあげようか」

「くれくれ」

半分を呑み込んで、もう半分をさくらの手からかっさらった。

「おるいちゃんももうすぐ『帯解の儀』でしょ。付け紐をやめて、大人のようにちゃんと帯を結ぶようになるんだからね。もう少し行儀良くしなきゃ」

「分かってらあ。刻と場合で、ちゃんとしなきゃならねえときにゃ、しとやかにするさ」

おるいは人形のように小さな小鼻をふくらませた。

あ、あの人は……。

相撲取りのように大柄な男の姿が目に入った。両国広小路で、天ぷらの屋台を出している福助《ふくすけ》だった。

「おるいちゃん、ここで待っててね」と言うや、福助に駆け寄った。

「福助さん、久しぶり。わたしを覚えてますか」

「おお、あんたは確か……」

「一月の末、江戸に出てきたばかりのときにお目にかかった、さくら、いえ、平山桜子です」

「よっく覚えてるぜ。確か……料理の修業をするために、伯父さんを頼って大坂から出てきたんだったよな。けど、伯父さんは、やってた料亭がぶっつぶれて、今は居酒屋をしてたんだっけ。けど……何でそんな恰好してここにいるんでぇ」

前垂れをしたさくらの姿を見て、不思議そうに首をかしげた。

「その居酒屋『丸忠』もつぶれていて、伯父は亡くなってたんです……で、今はこの佐野槌屋の台所で働いています」

「そうけえ、そうけえ。そりゃあ不運だったなあ。遊女屋の台所じゃ、小料理屋や居酒屋たぁわけが違うだろうけどよ。食うためにゃ仕方ねえよな。ま、せいぜい、頑張りな」

福助は気の毒そうに言った。

「料理番の竜次さんが、有名な料理茶屋『万八』で、花板に次ぐ立板をしていた、凄い料理人なんです。その人に料理を教わってるんです。いつか、故郷の大坂で小さなお店を持つという夢は変わってません」

さくらは胸を張った。

「へえ。そうけえ。そりゃあ良かったじゃねえか」

眉をハの字に下げたかと思うと、

「で、それはそうと……俺っちがここに来てたこと、女房にゃ内緒にしといてくれよな。あいつ、子ができてからますますおっかなくなっちまってよ。ちょっと浅草の観音さままでお参りだって嘘をついて抜けてきたんだ」

福助は大きな肩をすくめた。

「お子さんは大きくなられたでしょうね」

「さすがに俺の子だから、大きくなるのも早くってな。お清《きよ》は、負ぶうたんびに、石の地蔵さんみてえで、重い重いってぼやいてらあ」

目尻を思い切り下げた。

江戸に到着早々、初めて口にしたのが、福助の屋台の鯵《あじ》の天ぷらだった。さくさく、熱々の天ぷらに舌鼓を打っていたとき、臨月だったお清が突然産気づき、福助は屋台をほっぽりだしてお清を家に連れ帰った。

さくらが代わりに天ぷらを揚げて大勢のお客をさばき、戻ってきた福助を驚かせたのが、江戸に出てきて最初のおせっかいだった。

「あのときは助かったぜ。仕入れていたたくさんの鯵を、無駄にしねえで済んだ上に、あんたは駄賃も取らずに行っちまったっけ。今度、食いに来てくれよ。いくらでもご馳走するぜ」

福助は鼻の下を太い人差し指でこすった。

「近いうちに必ず行きますね」

下味がしっかりついて、天つゆも塩もいらない鯵の天ぷらの、こくのある味が舌に蘇ってきて、ごくりと喉が鳴りそうになった。

「あれ以来、鯵の天ぷらの味が忘れられなくて、色々工夫してみたんですけど、やっぱりちょっと違ってしまうんですよね」

「そうけえ、そうけえ。女房の親父直伝、秘伝の味つけだからよ。へへっ、そう簡単に真似はできねえぜ」

福助が、嬉しげに、何度もうなずき、

「そうそう、実はおれっちにまた……」と言いかけたときだった。

「出てくるぞ」

周囲の人垣がくずれ、どっと歓声が上がった。

「じゃあな。食いに来なよ。きっとだぜ」

福助はあっという間に人波にまぎれた。さくらも、ふくれっ面をしたおるいが待つ路地に戻った。

若い者が、見世先の大暖簾をうやうやしくめくる。

まずは禿のはつねとつるじが通りに足を踏み出した。久しぶりの道中に、緊張で頬が紅く染まっている。

続いて振袖新造が四人続く。新造も禿も、鶴模様の揃いの衣装だった。

大きな傘を持った力也が、通りに出て佐川を待ち受ける。傘には、佐野槌屋の印と佐川の名が墨ででかでかと書かれていた。力也の美貌は相変わらず目立つ。

大暖簾の内から、妹女郎を先導するように、小菊が姿を現した。澄ました顔をしているが、足の運びがどこかぎこちない。

小菊さん、途中で転んだりしないかな。

はらはらして、思わず手の中に汗がにじんできた。

小菊が通りに踏み出してから、少しの間が空いた。

いよいよ佐川の登場である。

辺りが水を打ったように静かになった。誰かのごくりと喉の鳴る音が、さくらの耳に大きく響いてきた。

千歳あらため佐川が姿を現した。

見物人がどっとどよめく。

薄暗い見世のうちから、通りに踏み出す佐川は、天女のように光り輝いていた。先代の妖艶さとは異なり、若さあふれる当代佐川の肌は、日の光の中でつややかにきらめいている。はつねとつるじよりさらに幼い禿二人が、ちょこちょこ付き従って出てくる。

佐川の打掛けは、鶴の刺繍が施された三枚重ね。本帯を前で大きく結んでいる。待ち受けていた力也が傘をすっと差し掛けた。

大縞の御召縮緬《おめしちりめん》に繻子《しゅす》の帯を巻いた番頭新造が、佐川につかず離れず脇を行く。

一行が静々と進む。見世の若い者だけでなく、茶屋から遣わされた芸者もお供をするから、普段の花魁道中より、はるかに大層な行列だった。遣手のおさよが、黒子に徹するような地味な身なりで末尾を押さえる。太鼓持ちの神酒蔵が、ひょうきんな仕草で、行列の先になったり後になったりしながら盛り上げる。

「おれっちも、山口巴《やまぐちともえ》までついていかあ」

おるいが、下駄をからころいわせながら、行列の後ろをついていった。

（ほんま、無事にこの日を迎えられて良かったわ。おさよさんかて、気むずかしい顔は相変わらずやけど、内心は晴れ晴れしてはるんやろな）

さくらの口元もほころびる。

薩摩訛りの侍が、なにやら卑猥な言葉ではやし立てる声が聞こえてきた。お国訛りなので、なにを言っているかよく分からないが、『佐川は色気が足りない。澄ましすぎだ。先導する小菊は熟れた果実で、いかにも床上手、男好きそうでそそられる』というような意味合いのことを言い合っているようだった。

「おい」

誰かが、台所に戻ろうとしたさくらの肩をぐいとつかんだ。

すぐ目の前に、隠密廻り同心塚本左門の鷹のように鋭い瞳があった。

「俺の掛かりの日に、突出し初日たあ、俺もついてるぜ」

左門はにやりと笑いながら、

「形ばかりの祝儀で、扇子を贈ったら、返礼にたんまりってわけでえ。海老で大鯛さ」

重くなった袖を骨張った手で持ち上げてみせた。

隠密廻り同心は、交代で大門脇に設けられた面番所に詰め、岡っ引きらとともに、大門の内外を見張っている。役目がら、なにかにつけて余得が大きかった。

「力也が見世に戻って良かったたな。血の気の多い餓鬼だから、おめえだって、手元に置いときゃ安心だろ」

すぐさま力也の話題をふってきた。

いまだに力也に執心しているとは思えなかった。邪気なく、気に掛けてくれているのだろう。

「この前みたいに、を組の辰五郎《たつごろう》親分の家に居候しているよりはいいんですけど、先々の身の振り方をちゃんと考えないといけないと思うと……」

「力也はいまだに俺を恨んでるだろうから、俺からはなにも言ってやれねえが……おめえの相談には乗るぜ」

鋭い眼差しの奥には、柔らかな光があった。

「ありがとうございます」

さくらはにっこり笑って、丁寧なお辞儀をした。

(左門さまと、こないな間柄になるとは思いもよらんかったなあ)

つい半年程前の出来事が、昨日のように蘇った。

左門は、力也を佐川の心中相手だと決めつけ、心中の生き残りとして捕縛したが、人形師の弥吉こと武田伊織と、町火消し『を』組の辰五郎親分の尽力で事なきを得た。

以来、さくらは、左門のことをまるで仇のように思っていたが……。

さくらが佐野槌屋を追い出された際、雇い入れてくれた居酒屋『瓢亭』の主人正平《しょうへい》は、かつては腕利きの隠密廻り同心だった人物で、驚いたことに塚本左門の父だった。

正平には正妻との間に左門がいたが、正妻と折り合いが悪く、瓢亭の看板娘だった綾《あや》乃《の》を側妻に迎え、京四郎《きょうしろう》という息子が生まれた。

不運や誤解が重なって、正妻が自死し、京四郎を連れて江戸を出た綾乃は、旅の途中で病に倒れた。

幼い京四郎は、曲芸の一座に拾われ、身を売らされるなどの苦労の末、剣の師となる人物に救われた。

師を超える腕となった京四郎少年は、諸国を放浪して剣の腕を磨く傍ら、食べるために盗賊となった。

二十四歳で江戸に出た京四郎は、義賊振袖小僧を名乗り、武家屋敷ばかり狙って荒らしまわるようになった。

正平は、正体を知りながらも、あくまで京四郎をかばい、助けようとした。左門は京四郎に疑いを抱いたものの、お縄にするかどうか迷っていた。

心ノ臓の病を抱えて、余命いくばくもなかった正平は、左門に、京四郎を見逃すことと、佐野槌屋の内紛を糺《ただ》してやって欲しいとの、遺書を残して自死した。

誤解から憎み合っていた、左門と京四郎だったが、さくらの仲立ちでもつれた糸がほどけ、左門は京四郎を捕縛せず、京四郎は盗賊稼業から足を洗い、江戸を出て生き直すことになった。

左門は、さくらが思っていたような、酷薄な同心ではなく、佐野槌屋から喜左衛門を追い出すにあたっては、大いに尽力してくれた……という経緯があった。

「ところで、ここだけの話だがな。四日前にも山吹色の物を五枚ばかりいただくってえ余禄があってよ」

機嫌が良い左門はいやに饒舌だった。

「それはすごいですね」

「ある大店の手代が、小見世の女郎に入れあげてよ」

「もしかして、伏見町の小見世で騒動があった、その一件ですか」

「もう知っていたのか、さすが地獄耳だな」

「え、まあ、吉原内のことですから」

「件《くだん》の手代は、くすねた反物を船宿に売りさばかせたり、集めた金を懐に入れたり、色々、悪さを働いたんでえ。俺は別件の故買で船宿を探索していて、そいつの悪事にも気づいたんだ。そやつが通っていたのが、おめえも知っている小倉屋ってえ見世なんだがよ」

もったいぶった口調で、さくらを横目で見た。

「じゃあ、その女郎というのはまさか……」

「そのまさかでえ。おめえんとこで振新をしてた袖浦ってえわけだ。今は袖路って名だがな」

「そうだったんですか」

途端に、胸の動悸が増した。

佐川に贈った、金魚の裾模様がある常着は、手代がくすねた反物から仕立てたに違いない。慌てた様子で届けてきたのも、取り上げられる前にと焦っていたからだろう。

「袖浦、いえ袖路ちゃんにおとがめはなかったのでしょうか」

「女に直渡しした品物があるってんで、小倉屋まで行くには行ったがな。貢がせた物を返しゃあ、それ以上、とがめ立てはしねえよ。上物の反物で、一つだけ見つからねえのがあるんだけどよ。多少の行方知れずは仕方ねえだろうな」

「で、袖浦ちゃんの敵娼《あいかた》だった人はどうなったんですか」

「手代は行方をくらませやがった。店側で連れ戻すから、内々で済ませて欲しいと泣きつかれてよ、いただく物をいただいて、俺も承知したってわけだ。ああいう大店は信用が命だ。お店者が悪さをしたと世間に知られちゃまずいからな」

塚本は扇子でとんとんと首元を叩いた。

「お店者が、女郎に入れあげるくれえは日常茶飯。こたびは、たまたま発覚しただけで、珍しくもなんともねえんだ。お大尽を気取って、大見世で四百両余り使っちまった剛の者だっているんだぜ。こやつも内々で収まった。大店がどれだけ儲けているかってことの裏返しでもあるんだ」

「で、今回の大店って？」

「そりゃあまあ、口止め料をもらった手前、さすがに言えねえやな」

笑いながら、左門は立ち去っていった。

「時間を取っちゃった」

さくらは急いで台所に戻った。料理の続きが楽しみでわくわくしてくる。

「これこれ、これを見てみ」

竜次が、家から持参した風呂敷包みを、とびきり慎重な手付きで開けると、中から桐箱に納められた皿や鉢が現われた。

「ずいぶん上等な品に見えますが、どこから借りてきたんですか」

「かかかか」

竜次はいつものように馬鹿笑いを返した。

「花板と喧嘩して『万八』をおん出るときに、気に入っとった皿やら鉢やらを、ちょろまかしてきたんや。万八の親父も花板の味方しくさったよってな。ちょっとした腹いせや」

「まあ、それじゃまるで盗人じゃないですか」

「蔵に仕舞われてて、特別な客にしか出さん器やねんけどな。そないな器が仰山、蔵に眠っとる。かまうかいな。もらい損ねた給金の代わりっちゅうわけや」

　竜次はまたもかかかと笑った。

　意外な一面を見たというか、竜次らしいなという気がした。

「料理は器で変わる。器はだいじなんや。料理はまず目で味わうんや。この皿は遠州織部、こっちが鍋島。この鉢が伊万里赤絵魁。時代伊万里もええやろ」

「色合いや絵柄で、いかにも高価な器っていうことだけは分かります」

「ほんま器はだいじや。馬子にも衣装やさかいな。ほんでその料理に合う器でないと、どないに立派な器でも、どないにええ料理でも台なしになってまう」

　さくらはうなずきながら、器の一つ一つをじっくり見た。

「惣兵衛はんは、この佐野槌屋を、得意先のもてなしにも使うてくれよるよってに、うちとしては万々歳や」

「先代の佐川さんがいたときのように、大いに繁盛するといいですね」

「大丈夫やで」

「そうですね。先代の佐川さんを皆で守ったように、新しい佐川花魁をだいじに育てて守っていかないとね」

「他の女郎も、あんじょう面倒、見たらなあかんけどな」

佐野槌屋には今、花魁が三十人、新造が二十一人、そして禿も大勢いる。すべてに目を配ることは難しいが、難儀をしている妓にはおせっかいを焼きたい。

「まずは皆のために、毎日美味しく、精がつく食事を頑張らないとね」

さくらは腕まくりして、見世の者たちの食事の支度を始めた。

一刻ほどの後、佐川が惣兵衛一行を案内して、引手茶屋山口巴から戻ってきた。太鼓持ちの神酒蔵の先導で、芸者たちがぞろぞろ繰り込んでくる。

大暖簾の内が騒がしくなった。佐川に声をかけようとしたが、とてもではないが、近寄れない。

「佐川花魁、ご苦労様でござりまする。さ、さ、こちらへどうぞお越しくださりませ」

遣手のおさよも、前からそうだったように丁重な言葉に改めている。

何とも奇妙な心持ちだったが、周りがだいじにすることで、最高位の花魁らしくなっていくのだと、さくらは納得した。

佐川や惣兵衛たちが、山口巴の女将の案内で、大階段を上がって二十畳の大広間へと向かう。今日は『惣仕舞』なので、見世は惣兵衛一行の貸し切りだった。

見世の皆に、『惣花』として祝儀が配られた後、二人して座敷に料理を運んだ。

「来た、来た。待っていたよ」

惣兵衛が相好を崩した。

「佐野槌屋からのささやかな御《おん》礼の気持ちでございます」

お勢以が口上を述べ、竜次が惣兵衛の前に、流麗な身のこなしで膳を置いた。

「おお、これはこれは……」

目の前の料理を見て、惣兵衛が満面の笑みを浮かべた。

「まずは目で楽しむものだが……見た目だけでも、なかなかの味だと分かるよ」

反物の目利きでもするように、料理と器をじっくりと眺めた。

「万八で花板に次ぐ立板をしていたという料理番はあんただね」

言いながら、まずは、『ほうぼうの昆布締め』に箸をつけた。

「身がほどよく引き締まっている。昆布の味も、旨味がありつつ、でしゃばっていないところがいいね」

口元をほころばせながら、惣兵衛は大きくうなずいた。

「今まで、大音寺前の田川屋から取り寄せさせていたのだがね。あそこもねえ……広重や英泉なんぞの美人画の背景に、自慢の藁葺き屋根の席亭を描かせるなど、宣伝ばかり上手で、味が今一つ。青鷺料理が看板だが、わたしはさほど鳥が好きではないしね」

鳥が好きではないという言葉に、さくらは竜次と顔を見合わせた。だが、今さら料理を取り替えることなどできない。

惣兵衛は酒で喉を湿してから、次に『鴨進上』のお椀のふたを取った。

さくらと竜次は、固唾を呑みながら、惣兵衛の顔色をうかがった。

お椀に、裏ごしして蒸した鴨の肉が丸く鎮座して、小松菜の青さとへぎ柚の黄色が彩りを添えている。たっぷりかけられた一番出汁からは湯気がゆかしく立ち上っていた。昆布と鰹の香りが部屋の内にふんわりと漂う。

「鴨かね」

惣兵衛は箸をつけて、一口、口に入れると、

「ふむふむ」と何度もうなずく。

「冬の料理と言えば、やはり鴨というわけだね。脂がたっぷりのっている。だが、この出汁がいいね。実にすっきりと鴨の味をまとめているじゃないか。こういう鳥料理なら

大歓迎だよ」

竜次の肩からも力が抜けるのが見て取れた。

惣兵衛は次々、料理に箸をつけ、ゆっくり楽しむように味わう。

「竜次と言ったかね。大いに気に入ったよ。ここに揚がるときは、おまえさんに料理を頼むとしよう。いくらかかってもよろしい。すべて任せるからね。良いように計らってくださいよ」

「恐れ入ります」

竜次が丁寧に頭を下げた。一緒に頭を下げるさくらの口元も、思わずほころびる。

「それにしても、お連れさまは遅うございますね」

お勢以が廊下に面した、雪見障子に目をやった。

「連れは大坂店の支配役で、大泉由右衛門《よしえもん》と言うのだがね。今宵は慰労を兼ねて連れてくるはずが……何とも働き者でねえ。江戸に着いたばかりというのに、お得意先のさるお大名家へご挨拶に出向いていてね。いくらなんでもそろそろ着くころだがねえ」

惣兵衛は振袖新造に酒を注がせながら、口元に笑みを浮かべた。言外に、（商い熱心でたいした男だ）という、由右衛門への信頼と、親心のような厚意が感じられた。

「じゃあここで、わたくしめの十八番、鼠と猫の物真似をば、ご披露と参るでげす」

黒紋付きに小紋の着流し、坊主頭の神酒蔵が芸を始めたところで、竜次とさくらは台所に戻った。

しばしの後、二人は、『蕪蒸し』『鶏の長崎煮』『蕪の葉のきんぴら』、締めに『芋粥』『蜆の冬瓜おろし汁』、食後に『白玉南瓜』『利休以来の干し柿』を運んだ。

料理はすべて出し終えたというのに、大泉由右衛門なる人物はまだ到着していなかった。

「なあ、佐川、突出しの日を今日と決めたのは、なぜだか知っているかね。道中姿を見て、先代を見初めた日なんだよ。明くる日には、それまで通っていた扇屋の花扇にしかるべき手切れ金を払って、すっきり縁を切ったというわけだ」

惣兵衛は遠い目をした。

「そうでありんしたか」

佐川が小さくこくりとうなずいた。

そのまましばらく黙っていたと思うと……。

「姉さまがここにおりんしたら、どれだけ心強く、嬉しかったでありんしょう」

肩を震わせながら、ほろほろと涙をこぼした。禿のつるじが、さっとみす紙を差し出した。

「おや、佐川花魁も、異な事を言いなさるでげす。先代がおられたらば、今日のように、佐川の大看板を継げられなかったでござんしょ。惣兵衛さまのご贔屓にもあずかれなかったわけで……姉女郎との女の戦がおっ始まって、お職の座を張り合うことになったでげすよ」

神酒蔵がいらぬことを言い出した。

太鼓持ちは幇間《ほうかん》とも呼ばれ、宴席を盛り上げるために、小咄《こばなし》をしたり、喉を披露したり、踊ったりする芸達者で、機転と才覚が要った。

神酒蔵の場合、太鼓持ちは余技らしく、気が向いた席にしか出向かない、博学多才なことを鼻に掛けている、辛口のことを言うのが売りと思っているなどの噂を聞いていた。

(千歳ちゃんのことでは、神酒蔵さんをお医者さまとして呼んでたけど、わたしはどんな病になっても診て欲しくないわ)

むっとしていると……

「そうそう、小菊花魁もたいへんでしたざんしょ。先代が京島原から鞍替えしてきなすった折にゃ、小菊花魁はお職の座を奪われて、一等良い部屋も明け渡しちまったでげす。心の内は穏やかでない。ほっほ。こたびも、またまた当代佐川に、部屋を取られたわけでげすがねえ」

「ちょっと、なにを言い出しんすかいなあ。こりゃまた馬鹿馬鹿しいことを言いなんす」

小菊は眉さえ動かさず、笑顔でするりといなした。

竜次が眉を上げ下げし、さくらが「神酒蔵さん、いい加減にしてください」と口をはさもうとしたとき、どすを効かせた低い声が響いた。

「神酒蔵さん、悪酔いしちまったねえ。さ、さ、風に当たりに行きなせえ」

番頭の幸助が、有無を言わさず、神酒蔵をつまみ出した。

「ぬしさん、おあんなんし」

佐川が吸い付けた煙草を惣兵衛に勧める声を耳にしながら、さくらと竜次は座敷を後にした。


大泉由右衛門は、五ツを過ぎてようやく現れた。

大広間での宴も終わって、惣兵衛は佐川の部屋で呑み直している。由右衛門の料理は、敵娼を務める小菊の部屋に運ぶことになった。

「失礼いたします。お膳をお持ちいたしました」

障子を開けて、さくらと竜次が膳を運び込む。

小菊と由右衛門の前には酒器が整えられていた。

小菊だけ呑んでいるらしく、すでに頰が赤らんでいて艶っぽかった。由右衛門は禿二人をからかい、禿が甲高い声できゃっきゃと騒いでいる。

「ごくろうさま」

ちらりと目を向けたが、すぐ禿たちに視線を戻した。

由右衛門は、瘦せた貧相な男で、これといって特徴がなく、つかみどころのない顔立ちだった。くぼんだ眼窩に光る大きな目だけが機敏に動く。

大坂店とはいえ、支配役ともなれば、年齢を重ねた上に、有能でなければならない。鬢《びん》に白いものがなく、四十歳くらいに見える由右衛門は、よほど見込まれた者なのだろう。

「ではごゆるりと」

竜次は、役目が終わったとばかりに、お辞儀をしてそそくさ座敷を辞した。

「さ、さ。温かいうちに食べなんし。うちの料理番が、腕によりをかけて作りんした料理でありんす」

小菊が優雅な手付きで、由右衛門に箸を手渡した。

「おお、ほんとうに美味しそうだねえ」

言いながらも、由右衛門はすぐに手をつけようとしなかった。

「この刻限ですから、夕餉はお済みなのではありませんか」尋ねるさくらに、

「お得意さまの宴席に出ておりましたのでね。残念なことにすでに満腹で……なにせこの体ですからね。さほど量が食べられないんですよ」

由右衛門は、眉をハの字にして、いかにも申し訳なさそうに目を瞬かせた。

「どうぞ、お気になさらずに、お好きなものだけ味見してください。では、ごゆるりと」

さくらは挨拶して座敷を辞した。

廻り廊下を曲がってしばらく行ったとき、

「さあさあ、わたしに遠慮なく食べておくれ」

由右衛門の声と、禿の甲高い歓声が聞こえてきた。


その夜は床についてもなかなか眠れなかった。

目を閉じると、竜次の、包丁を使う機敏な手の動き。箸を操る繊細な仕草……。

こねる、混ぜ込む、丸める、叩く。竜次の手がひらひらと優雅に舞った。

竜次の生き生きと料理に勤しむ姿が、目の前にちらついて離れない。

（竜次さんに、ええ話が降って湧いて、わたしにとってもほんまに幸運や）

月に何度か、竜次の腕を、すぐ目の前で堪能できる。

目で盗むのだ。

いや、目で盗むことができるのだ。

わくわくどころではない。

至福のときを思えば、心の昂ぶりが収まらなかった。

どうにも寝付けない。寝床から起き出して、台所で湯冷ましを呑んでいると、大階段をとんとんと下りて小菊がやってきた。

「眠れなくなっちまってさ」

「お茶だと余計に眠れなくなりますから、白湯《さゆ》でもどうですか」

さくらは、白湯とともに、あしらいに添えて出した残りの『酢取り蕪』を出した。

「あいつ、わっちを馬鹿にしてんだ」

「いったいどうしたんですか」

「いざ、床入りになったら、『疲れているから眠る。あんたも寝ていい』って、高いびきで寝ちまったんだ」

格式ある妓楼なら、花魁は、初会では話もせず、裏を返して二回目で少しうちとけ、三回目の逢瀬でようやく床入りという建前だったが、律儀に守られたのも今は昔。初会の由右衛門に、小菊は精一杯、おもてなししようとしたに違いなかった。

「そうなんですか。江戸は吉原でも名高い佐野槌屋の、小菊花魁を敵娼にできる機会なんて、そうそうないでしょうにね」

「据え膳を食わなかったのは、後にも先にも、あの亘さまと、二人目だね」

「新藤さまは、『晴れて結ばれるのは、小菊さんの心を得てから』というお堅いお人ですからね。それとこれとではわけが違いますよね」

新藤亘は、小菊の故郷水戸の下級藩士である。小菊とは幼なじみで、江戸詰になったことを契機に、小菊の安否を気遣って見世までやってきた。

竜次とさくらの助力で、小菊と密会したものの、手さえ握らず帰っていった。その後も、昼間に見世の外で会うだけで、清い仲を貫いている。

「それにつけても……」

小菊は白湯を呑み、酢取り蕪を口にした。

ごく薄切りにした蕪の酢漬けは、透き通って白く輝いている。さくらも蕪を一枚、口に入れた。赤唐辛子のぴりっとした辛みが心地よかった。

「わっちは、独り立ちしてかれこれ五年だ。女郎としての花も盛りを過ぎちまった。これからは坂を転げ落ちるばかりさ。この頃、鏡を見ると嫌になっちまうんだ。目の下にすぐ隈ができちまうとか、目尻に小皺が増えたとかさ」

「まだ二十一歳の小菊さんがそんなことを言っちゃ、三十歳のわたしなんかどうなるんです」

「あんたはお気楽でぼんやり生きてるから、うんと若くいられるんだよ。頭の中身なんて、若いっていうより童だね」

「それって、わたしが馬鹿ってことですか」

「はは、まあ、そんなところさね」

笑いながら小菊は、やけくそのように、残りの蕪をぱりぱり嚙む。

「わっちの手練手管が通じねえはずねえのに。据え膳食わねえって、あんまりだよ」

遊女としての誇りを傷つけられたことが、気の毒に思えた。

「あ、そうだ」

はたと気づいたさくらはぽんと手を打った。

「あ〜、もしかして……」

「そうだよねえ」

二人して顔を見合わせ、互いに手のひらをぽんと打ち合わせた。

惣兵衛のせっかくの心遣いだから断れなかったが、由右衛門は衆道をたしなむ人に違いない。

「同心の塚本左門さまと同じってわけですね」

「違いねえよ」

二人して大きくうなずき合った。

白湯のお代わりを、小菊のお茶碗に注ぎ入れていると、小菊が、急にしんみりとした口調で切り出した。

「あのときはありがとうよ」

「え？　何ですか急に」

「新八郎《しんぱちろう》のことだよ。あのときゃ、さすが武家の娘だって驚いたよ」

「小菊さんに手をあげようとしたので、少しばかりこらしめただけです。武芸に無縁な優男だったからできたことですよ」

「謙遜しなくたっていいさ。さすが武家の娘だけあるなって、皆で感心してたのさ」

「さしでがましいとは思ったんですけどね」

「あれで良かったんだよ。わっちも、なかなか踏ん切りがつかなかったんだけどさ」

落ち目の役者だった新八郎は、登楼する金にも困って、惚れ合った小菊とこっそり逢い引きする間柄になっていた。

「嫉妬したからって、小菊さんの可愛がっていた狆を、二階の廊下から投げ落とすような男は、絶対にだめですよ。小菊さんにも、手をあげようとしたんだし」

「ま、もうすんだことさ。新八郎は、あの花又とかいう河岸女郎とよろしくやっていくのがお似合いさ」

河岸女郎は、時間でお客の相手をする切見世の女郎よりましだが、岡場所の安女郎とあまり変わらなかった。二股をかけられては、小菊の花魁としての意気地が許さないのは当然だろう。

小菊のさばさばした言いぶりに、さくらは安堵した。

若い者が二階の廊下を歩きながら打つ、大引けを知らせる拍子木の音が響いてくる。

「もう八ツ時だねえ」

「明日も明後日も、道中をしなきゃいけないから、ちゃんと寝ないと」

「そうだね。さくらと話して気が晴れたし、今度こそわっちも寝るとするさ」

小菊は大階段をとんとんと上っていく。さくらも広い畳の間を抜けて、奥の廊下に向かった。

皆を起こさぬよう、そっと使用人部屋の障子を開けた。

寝床はまだ微かに温もりが残っていた。もう十月も半ばを過ぎた。これから季節は冬の底へと向かって落ちていく。

さくらの中のおせっかいの虫が音色を奏で始めた。

小菊さんの喜びそうなものを作って励まそう。新旧の移り変わりは世の習いとはいえ、小菊さんは傷ついている。でも、あくまでさりげなく……。

袖浦ちゃんのことも気になるし……。

突出しが終わって一段落したら、なにか作って持っていってみよう。例のお店者のことで落ち込んでいるなら励ましたいし、けろっとしているなら安心できるし……。

などと考えるうちに、さくらはぐっすり眠りに落ちていた。

四

そろそろ夜明けを迎えようという頃だった。

ジャン、ジャン、ジャン

鳴り響く半鐘の音に、さくらはがばりと身を起こした。

ジャン、ジャン、ジャン
狂ったように半鐘が打ち鳴らされる。

女使用人部屋の中は、蜂の巣を突《つつ》いたような騒ぎになった。さくらも手早く身支度する。

「火事だ」

動きやすいように裾を端折った若い者たちが、暗い廊下をばたばた走って見世へと向かう。どこからともなく煙の臭いが漂ってくる。

皆に交じって中庭に面した廊下に出た。遊女たちが二階の廻り廊下に出て騒いでいる。空には夜明けとは違う明るさがあった。一階の御内所のほうから、ばたばた慌てる物音や叫び声が耳に入ってくる。

広い畳の間に向かうと、若い者たちで騒然としていた。

「こりゃあ、大事《おおごと》になりますぜ」

様子見に出ていた若い者頭の伝吉が戻ってきた。どうやら火元は、通り向かいに並んだ小見世の裏手らしい。火事場は近い。

「皆、手筈通りに頼んだぜ」

番頭の幸助が、低く落ち着いた口調で言った。表通りがどんどん騒がしくなる。真っ先におるいの顔が頭に浮かんだが……。

「おるい、今のうちに逃げるんだよ」

「けど、おっかあはどうすんだい」

「心配してくれるのかい。あたしゃ差配があるじゃないか。おるいがいたら、心配で、動きにくいんだよ。通りがごった返す前にさあ早く。吉平、くれぐれも頼んだよ。寮までちゃんと送り届けておくれ。おるい、絶対、はぐれるんじゃないよ」

おるいとお勢以の声がしたと思うと、若い者がおるいを背負って奥から出てきた。見世の内の混乱を縫うように表通りへと向かっていく。

なさぬ仲で敬遠し合っていたことが嘘のように、お勢以とおるいは、すっかり実の母娘になっている。さくらの出番はなさそうだった。

「足元は暗うございます。お気をつけてくだせえまし」

二階廻しの男が燭台で階段を照らしながら、惣兵衛と由右衛門、お供の手代たちを階下へと案内する。惣兵衛は、佐川を抱えるようにしながら下りてくる。佐川は、寝間着の上に、袖路から贈られた、金魚の裾模様の常着を羽織っていた。

半鐘の音がせわしなく響く。叫び声、物音がどんどん激しくなる。江戸町二丁目の通りに人があふれ出す気配が、手に取るように分かった。

「惣兵衛さま、今ならまだ大丈夫です。大門のほうから出てくだせえ」

番頭の幸助が促す。

「佐川を連れて行くよ。二日ほどうちの寮で養生させてから送り返すからね」

火事の際、佐野槌屋の遊女たちは、箕輪にある寮――別荘で落ちあうことに決まっていた。

「お任せいたします。なにとぞよしなにお願いいたしやす」

幸助が丁寧に腰を折った。

「わちきには、持ち出すものがありいす」

佐川の言葉に、伝吉が有無を言わさぬ口調で言った。

「我が身が一番のお宝。わしらが残らず運び出しやすから、身一つで、お先にどうぞ」

若い者が履き物を出す。

「けんど……」

「なにをぐずぐずしているのだい」

必死に訴える佐川を、惣兵衛が問答無用で急き立てる。

大柄な手代が佐川をひょいと抱き上げ、慌ただしく通りに出ていく。大門の外まで送るため、伝吉も後に続いた。

惣兵衛一行と入れ替わりに、竜次が、所帯道具を入れた風呂敷包みを背負って見世に飛び込んできた。

「えらいこっちゃのう」

さくらの顔を見て、にかっと白い歯をみせた。

「久しぶりに廓の外の空気が吸えるってえもんだね」

小菊が禿を連れて大階段をぞろぞろ下りてきた。それぞれが柳行李や包みを背負い、手には持てるだけ風呂敷包みを持っている。他の遊女たちもわらわらと下りてくる。

「あとは男衆に任せて、早く逃げるんだよ。ほれ、慌ててすっ転ぶんじゃないよ」

自分も大荷物を背負った遣手のおさよが、遊女たちを急かせる。

「三日のうちにちゃんと寮に集まるんだよ。遅れたら年季が延びるんだ。分かってるだろうね」

おさよの甲高い声と、禿の泣き声が入り交じる。

「風が強いし、吉原は丸焼けやろな」

戦場のような騒ぎになった。さくらや竜次も手伝う。

遊女の部屋から、高価な壺や調度を運び出し、見世の裏に建つ土蔵や、座敷の床下に掘られた穴蔵にどんどん運び込む。

「火が入らんよう、土蔵には練った土で目塗りして、穴蔵には蓋をして上から砂をかけて、ほんでから水をかけるんや」

頬を紅潮させて話す竜次は少年のようだった。

すべてが慌ただしく、だが手際よく進んでいく。土蔵や穴蔵に入り切らない物は、担いで廓の外にどんどん運び出す。

「お客さんが少なくって良かったですね」

惣兵衛が惣仕舞にして、見世中の遊女を買い切っていたので、お客は、惣兵衛と由右衛門、供をしてきた白水屋の手代たち数人しかいなかった。

「手慣れたもんやろ」

吉原は火事が多かった。

近頃では、文政七年、天保六年に全焼し、一部を焼いて消し止めた火事を加えれば、さらに多かった。

ふだんの吉原は、遊女の逃亡を防ぐため、大門しか出入り口がなかったが、跳ね橋が十箇所設けられていて、火事の際は、お歯黒溝《はぐろどぶ》を越えて逃げられるようになっていた。

「そろそろ跳ね橋が下りた時分だから、これを頼んだぜ。でえじな証文が入ってるから気をつけてな」

二階廻しの若い者から、用慎籠《ようじんかご》と呼ばれる大きな竹籠を受け取った。だいじな物を任せてくれることが嬉しい。ずっしり重い竹籠を担いで、跳ね橋へと向かった。

通りをはさんで向かいの小見世は、すでに三軒ほど火に包まれていた。火の廻りは早そうだった。通りは、逃げる客や遊女、荷物を運び出す若い者たちでごった返している。

竜次は佐川の積夜具が包まれた大風呂敷を背負っていた。まるで荷物が歩いているようである。

二人して、人と人の隙間を縫って進んだ。

「今回も、きれいさっぱり全焼するやろな」

「そういえば、吉原は、いろは四十八組の町火消しの領分じゃないんですね」

「町火消しは大門の内には入らん決まりや。駆けつけてきよるけんど、土手の茶屋辺りで高見の見物やさかい、意味あらへん。吉原の外に火が移らんようにっちゅうことらしいけんどな」

「火事で焼け出されちゃ、皆、大変ですよね」

「全焼すりゃ、町中で仮の営業ができるだろがよ」

竜次はこともなげに言った。

「仮宅という言葉は知っています。吉原が再建されるまでの一年ほど、市中の他の場所で見世を営むということですよね」

「焼け太りってえわけや」竜次が説明をしてくれる。

仮宅の妓楼は、その名の通り、簡素な造りだった。吉原でのような格式張ったしきたりがいらなくなって揚げ代が安くなるため、岡場所のように気楽な色街になる。

吉原のように町外れではなく、町中にあるので、客が通いやすい。

大身《たいしん》の武家や金持ちでなくとも遊ぶことができ、ふだん吉原に縁がない者たちまで大勢、押し掛けるため、薄利多売でも、妓楼のもうけは大きかった。

「妙に焼け残るより、全焼させて心機一転、仮宅でもうけて妓楼を再建するほうがええっちゅうわけや。熱心に火消しするはずあらへん。せっせとお宝と女だけ運び出したらええんやさかいな」

どの見世も、下ろされていた大戸が開けられ、蜂の巣を突いたような騒ぎになっていた。

ぼやですぐさま消し止められない限り、全焼は免れなかった。できるだけ多く、金目の家財や諸道具を持ち出すため、見世の若い者たちが血眼になっていた。

避難する、遊女や禿の叫び声や悲鳴が耳に入ってくる。

「なんや、祭りのときみたいやな」

「また、だんじり祭の話ですか」

「妙に気持ちが昂ぶるのんは同《おんな》じやんけ」

不謹慎だが、確かに気分が高まっていた。

さくらと竜次は跳ね橋を渡って吉原田圃に出た。

「あっちや。見世ごとに置き場所を決めてあるんや」

廓の外はのどかな別世界だった。

刈り取られた田圃が広がって、百姓家があちこちに点在している。すでに刈り取られてなにもない、雪がうっすら積もった田圃の一角に荷物を置いて、見世の若い者が番をしている。荷物を託すと、二人して急ぎ見世に取って返した。

「伏見町の小倉屋から火が出たそうでえ」

佐野槌屋の隣、小見世丸屋の若い者たちが、大声で話しながら荷物を運んでいく。

(まさかとは思うけど……)

自棄《やけ》になった袖浦か、敵娼だった手代が付け火したのではないか。

さくらは胸騒ぎを覚えた。

夜はすっかり明けていたが、黒々とした煙で、まだ夜のように思えた。

何度も何度も往復して、せっせと金目の物を運んだ。いつしか竜次とは離ればなれになっていた。

刻一刻、火の手が佐野槌屋に迫る。

何度目かの往復の後、吉原田圃から戻って、江戸町二丁目に踏み入れた途端、足がすくんだ。

佐野槌屋が燃えている。

仲之町に近い、大見世万字屋、小見世丸屋、そしてとうとう……佐野槌屋まで炎に呑まれた。

ぱちぱちという音が異様に大きく響いてきて、心を脅かす。軒をなめる炎が赤い舌のように通りを舐めている。もう荷物を運び出すどころではなくなった。

通りは真昼のように明るい。頰が熱い。いや、痛い。

さくらは佐野槌屋に歩み寄った。

立ち去りがたいのか、番頭の幸助、若い者頭の伝吉たちもいる。力也の姿も見えたが……。

「えっ」

なんと、いの一番に逃れたはずの惣兵衛がいるではないか。

「大変でぇ。竜次おじさんと佐川花魁が……」

さくらに気づいた力也が、見たこともないほど悲壮な顔つきで駆け寄ってきた。

「どういうことなの」

不吉な予感に、胸がぎゅっと締め付けられる。

「ついさっき、佐川花魁が一人で戻ってきたんだ」

力也は早口でまくしたてた。

佐川と惣兵衛一行は日本堤まで逃れたものの……。

由右衛門や手代たちが、手分けして駕籠を探しに行き、佐川と惣兵衛が燃えさかる廓をながめていたとき、小菊一行がやってきた。

先代の打掛けはどこかという、佐川の問いかけに、小菊ははっと気づいた。

道中で大汗をかいた小菊は、打掛けを衣紋掛けに掛けて風を通していた。軒端《のきば》だったため、持ち出し忘れていた。

小菊は、見世の者が運び出しているに違いないとなだめたが、

「そんな場所に……それじゃ誰も気づかないままに違いねえ。姉さまを助けるんでぇ」

半狂乱になった佐川は、火事場に駆け戻るや、まだ火が回っていない路地から、見世の内に駆け込んでしまった。力也らが止める間もないほどの、あっという間の出来事だ

った。

そこへ竜次が戻ってきた。竜次は天水桶の水をかぶって、燃える見世の内に飛び込んだ……という。

「あのとき、佐川の言うことをよく聞いておれば……」

惣兵衛がうなだれ、唇を震わせる。手には、佐川が脱ぎ捨てていった、金魚の裾模様がある常着がしっかと抱かれていた。

砂上の楼閣が崩れるように、佐野槌屋が悲鳴を上げている。豪華絢爛に見えた青楼は幻になろうとしていた。

「佐川さんも竜次さんも……何てことを……」

さくらは今にも我が身に炎が移りそうな灼熱の中で立ち尽くした。

全ての歯車が悪いように動いてしまった。

さくらが先代の打掛けを小菊に着せなければ、こんなことにはならなかった。

怒声、悲鳴、火に焼かれて楼閣が立てる音、さまざまな音が入り交じって、さくらの耳を圧した。熱さで目まで焼けそうに痛む。

火は勢いを増していく。佐野槌屋の楼閣が、江戸町二丁目の通りに崩れ落ちんばかりになった。

わたしのせいで……。

さくらはその場にくずおれた。

「さくら、そろそろここから逃げないと危ねえ」

力也がさくらの腕をつかんで、無理矢理、立たせようとしたときだった。

燃えさかる見世の戸口からなにやら大きな影が現れた。

分厚い夜着をかぶった人影だった。

「竜次さん」

「佐川花魁」

さくらと力也が駆け寄る。

竜次が、ぶすぶすと燃えている夜着をはねのけると……。

そこには、佐川の無事な姿があった。

「花魁」

幸助や若い者が佐川に駆け寄った。足元がおぼつかない佐川を抱き留める。佐川はしっかと打掛けを抱きしめていた。

「良かった。ほんとに無茶をする女子だ」

惣兵衛が佐川を抱きしめ、乱れた髪を、慈しむようにゆるゆると撫でた。

「竜次さん」

さくらの声に、竜次の白い歯が赤々とした光に映える。

熱さが耐えられなくなってきた。火の粉が舞い散り、髪の毛が焦げる臭いがした。

風が増す。

火の勢いがさらに強まる。

炎は軒を舐めながら、軒から軒へと、踊るようにどんどん燃え移っていく。

「さあ、早く逃げましょう」

力也に肩を貸してもらって歩く竜次の脇を行く。

「ほんとに無事で良かったです」

「池の水で夜着をびっしょり濡らしたさかい、なんとか無事に出てこれたわ」

幸い、たいした火傷も負っていないようだった。

だが……。

竜次は右手をかばっていた。

「その手……怪我をしたんですか」

「柱が倒れてきたときにちょっと当たっただけや。すぐ治るがな」

言いながら、竜次はかかかと笑った。

一同は跳ね橋を渡って、吉原田圃へと逃れた。

あぜ道に立って、燃える吉原を振り返ると、妓楼も引手茶屋もなにもかも、炎の大波に呑み込まれようとしていた。

一月の末にここへ来てから、色々なことがあった。思い出が詰まった場所が、あっという間に消え去っていく。

佐野槌屋をはじめとする美麗な青楼も茶屋も、さまざまな生業《なりわい》の家も、そして……思い出深い、今は亡き正平の居酒屋瓢亭も……きれいさっぱり灰になろうとしていた。

粉雪がちらつく空を、黒い煙と白い煙がよじれ合いながらもくもくと立ち上がっていく。

いつの間にかすっかり日が昇りきっていた。

第二話　雪見船で鰤《ぶり》の雪鍋

一

「今朝になって、ようやく火が消えたらしいですね」

「丸二日経ってようやくっちゅうわけやな」

さくらの言葉に、間の手を入れるように竜次が答える。

「吉原の廓内は全部、灰になったんですか」

「五十間道は燃えんですんだみたいやし、京町では、何でか、名主の家だけ燃え残ったっちゅうのは笑けるけどな」

「火元は伏見町でしょうか」

「そんな噂もあるけんど、伏見町の西側と江戸町二丁目の東側は裏手で接してるさかい、伏見町か、江戸町二丁目の裏手かは、分かりにくいやろな」

「まあ、どこからにしろ、燃えちゃったものはもう戻りませんからねえ」

「ほんまにそやな」

過酷な暮らしに耐えかねた遊女の付け火で起こる火事は多かった。火元も原因もはっきりしないほうが、むしろ誰のためにも良かった。

台所の開け放たれた戸から、手入れの行き届いた庭が見える。

箕輪にある佐野槌屋の寮に避難して丸二日が経っていた。今日は曇り空だが暖かい。寮で暮らすのは、さくらにとって二度目だった。初めてのときと比べて心に余裕があるため、箕輪周辺の良さを堪能できそうである。

吉原からたった六町ほどしか離れていないが、風雅でひなびた土地柄で、植木屋が多く、広々した田圃また田圃の中に、緑の浮島が点在していた。土の火鉢や灯籠など、土器《かわらけ》焼きの窯から煙が上るさまも、ゆったりした趣が感じられた。

「ほんまに束の間の休息ちゅうわけやな」

火事で全焼すると、すぐさまお上に仮宅商いの伺いを出すが、すぐにお許しが出るわけではなかった。仮宅での商いが始まるまでの間、遊女たちは箕輪にある寮で暮らすことになる。

大見世や佐野槌屋のように力のある中見世は、日頃から仮宅として使える店や家を押さえ、木場の材木問屋に、妓楼一軒分の建築材料を保管させていた。

番頭の幸助や若い者頭の伝吉たちは、山の宿で借りた商家を妓楼らしく整えるため、忙しく立ち働いていて、寝泊まりも食事も山の宿近辺で済ましていた。

力也もこちらへはまったく来ない。山の宿での手伝いもそこそこに、道場にばかり行っているのではないかと思えた。

お勢以は、おるいと一緒に床につくものの、朝早くから駕籠で山の宿まで出向いていて、暗くなるまで戻ってこなかった。見世の主として、精一杯頑張っている姿に、亡き楼主長兵衛も、安堵していることだろう。

「佐川姉さまはまだ来ねえし、暇でしょうがねえや」

はつねとつるじが、台所の前に出された縁台にちょこんと腰掛けて話をしている。

「仕方ねえだろ、つるじどん。どっちみちここじゃ用なんてねえんだからよ」

一人前の遊女たちは実入りがなくなるので、たちまち困るが、はつねやつるじら禿にとって、寮での暮らしは楽しいだけに違いなかった。

「竜次さん、まだ痛みますか」

竜次は火事の際に負傷した手をかばって、肩からさらしで吊っていた。

「だいぶ腫れとるさかいな、だいじな右手のこっちゃし、だいじをとってるだけや」

竜次の言う通りだと思いながらも、胸の奥で、もしも、もしも、治らないなどという
ことはないだろうかという懸念がくすぶった。
「そのほうが安心ですね。手伝ってくれる女手はたくさんありますしね」
「まあ、焼け出されてまだ二日や。落ち着いたら、食事の工夫を色々考えていこや」
寮には、佐野槌屋の台所ほど巨大な竈はなかった。何度もご飯を炊く。
振袖新造や禿たちがはしゃぎながら、お握りを握っている。飽きるとぷいといなくな
るが、また別の女の子たちがやってきて、台所はずっと大賑わいだった。
遊女たちも暇つぶしで手伝いにくる。色気をふりまく相手がいないので、乱れたまま
の髪や、いい加減な着こなしが、かえって微笑ましかった。
寮は、建物が豪壮なだけでなく、敷地も広かった。田地や竹藪、大小の池、こんもり
とした森さえあるから、見世より広々していて、おるいは、狆の福丸と一緒に走り回っ
ていた。大広間の濡れ縁から、設えられた池に釣り糸を垂れている遊女の姿も見える。
「ああ、忙しい。お茶を淹れておくれ」
遺手のおさよが、台所にひょいと顔を見せた。
「古いお茶会記によると、お茶うけとして、石榴《ざくろ》も出されていたそうです」
お茶とともに、こじゃれた竹籠に入れた、石榴の実を出した。

ごつごつした硬い果皮の一部が裂けて、濃紅《こいくれない》のみずみずしく小さな実が詰まっているのが見える。

「へええ、そうなのかい。さくらも見かけによらず、学があるじゃないか」

「はつねちゃんたちが寮の庭で見つけました。東屋の先の井戸の近くに大きな木があって、もう冬なのに、まだたくさんなっているんですよ。枝に積もった雪に紅い実が映えて、はっとするほど綺麗でした。絵心があれば、描き留めたかったくらいです」

言いながら、絵が得意だった武田伊織の面影が、目の前にふっと浮かんだ。そんな折の伊織は人形師の姿ではなく、まだ武士だった頃の伊織だった。

「石榴は、実の中に種がたくさん入っているから縁起が良いって、家の庭によく植わってるけど、食べられるところがほんの少しなのが、残念だよねえ」

おさよは、紅く透き通った小さな粒を、一粒ずつ取って口に運んだ。石榴は種の周りのほんのわずかな部分しか食べられない。

「甘酸っぱくて美味しいんですけど、いくら食べてもお腹がふくれませんよね」

粒に光が当たると、宝玉のようにきらきら輝いて見えた。二人で小さな可愛い粒を一つずつ取っては口に入れて種を吐き出す。

「おさよさん、小菊さんはまだなんですか」

「まだだよ。三日のうちに来なきゃ、年季を増やしてやるだけさね。他にもまだここに着いてねえ女郎が何人もいるよ。気にすることたあないさ」

　市中に親の家があって、身を寄せている遊女もいた。親しい客の家で過ごしている者もいる。

「小菊さんは水戸の生まれで、江戸の町には身寄りも知り合いもないじゃないですか」

「かどわかされるような玉じゃねえから大丈夫さ。見てな。ゆっくり羽を伸ばしてから、ぎりぎりになって駆け込んでくるに違いないよ」

「羽を伸ばすと言っても、昨日と一昨日の晩、いったいどこで雨露をしのいだんでしょうねえ」

「さくら、おんどれは、おせっかいな上に、ほんまに心配性やな」

　竜次が笑いながら話に割り込んできた。

「火事やと聞いて、なじみの女郎目当てに駆けつける客がぎょうさんおるんや。一文も払わんと、惚れた女とゆっくりしっぽりできるちゅうわけやさかいな」

「でも、火事場の大混乱の中で、目当ての妓《こ》を探し出すって難しいでしょ？」

「廓から出れたらもう一安心っちゅうわけで、同じ見世の者同士が集まって、吉原田圃やら日本堤から火事をゆっくり見物しよる。目当ての女を見つけるのかて、その気になったら、そないに難しないで」

「佐川さんみたいに、惣兵衛さんのような人と一緒なら安心なんですけどね」

「ほなら、さくらが探しに行くんかい。おんどれかて、江戸に不案内な大坂女のくせして」

「ま、それもそうですね。心配してもどうにもならないんですけど、ついつい……」

馬鹿らしいという顔で、おさよがさくらをじろりとにらんだ。

「佐川姉さまが着かれたよ」

禿のつるじが台所に駆け込んできた。

「じゃあ、お部屋にお茶請けを持っていくね」

水屋簞笥の一番上の棚から、鉢に入った椎茸の煮染めを取り出した。

干し椎茸を砂糖と醬油と酒でじっくり煮染めてある。数枚を小鉢に移して盆に載せ、さっそく佐川の部屋へと向かった。

部屋は、先代の佐川が出養生で使っていたのと同じ、離れの奥座敷だった。磨き上げられた廊下を歩くと、思い出が昨日のように胸に蘇ってくる。

(年齢は上でも、わたしのほうがぼんやりほわほわしてて、佐川さんのほうがお姉さんみたいやったな)

思い出せば、頬が緩んだ。

「お疲れさま、佐川さん」

さくらの顔を見て、お茶を呑んでいた佐川の顔がぱっとほころんだ。

「どうでした？」

お茶請けを勧めながら微笑みかけた。

「白水屋の寮が根岸にあるんで、そこにいたんだけどよ。骨休めっていうよりは、かえって気疲れしちまって……早くこの寮に来たかったんだけど、惣兵衛さまがなかなか放してくれねえんで困ったよ」

「そうじゃないかと思っていました。でも、それだけ好いてもらえて良かったじゃないですか。で……」

「おっと、待った」

佐川がさくらの言葉をさえぎった。

「そんな丁寧な話し方するなんて、さくらさん、水臭せえよ。今までみてえに話してくれたらいいじゃねえかよ」

「なんだか、急に貫禄がついたみたいで、ついつい……」

「そこがさくらさんらしいけど、さくらさんが姉さまの『姉さん』だったように、これからもずっとわっちの姉さんでいて欲しいんだ」

「そうだね。なんだか水臭い感じがするもんね」

さくらはとびきりの笑顔で応えた。

「いきなり居続けの客を二晩も相手してたようなもんやさかいな。疲れたやろ」

竜次がやってきて口をはさんだ。労るような眼差しで、佐川の顔をのぞき込む。

「惣兵衛さまはお年だから、わっちをゆっくり寝かせてくれただけで、お相手はせずじまいなんだけど……かえって、どうすりゃいいのかって気を使っちまってよ」

千歳は椎茸を一つつまんで、優雅な仕草で口を付けた。

雪が雨に変わって、庭の石灯籠についた苔が色鮮やかになっていく。

佐川は肉厚な椎茸をもう一つ口にした。静かになった座敷に、くにゅっという優しい音が響く。さくらもつられて椎茸に手を伸ばした。

形がそろった丸い冬菇《どんこ》の煮染めは、一見、山盛りにされた餡ころ餅に見えた。生の椎茸より、香りが立っていて、旨味がじんわり口の中に広がっていく。

「そうそう、すっかり忘れてたよ。惣兵衛さまから皆への土産があるんだ」

佐川は箪笥の上に置いていた風呂敷包みに目をやった。

新しく佐川付きになった、振袖新造の菊琴と笹の井、禿のはつねとつるじが、いっせいに包みに群がった。

風呂敷の内から綺麗な紙に包まれた折箱が現れた。包み紙は、色違いの扇子の意匠である。

「飛鳥山の『扇屋』でえ」

「玉子焼きけえ」

「姉さま、食っていいかい」

『釜焼き玉子』の折を囲んで、座敷の内は、にわかににぎやかになった。

折の中には、竹の皮に包まれて、黄金色に焼かれた厚焼き玉子が鎮座していた。菊琴と笹の井が切り分け、はつねとつるじが小皿に盛って、うやうやしく配ってくれた。

「出汁が利いてますね」「ちょっと効き過ぎやろ」「ほわほわでえ」「まだちっとあったけえよ」「馬鹿。とっくに冷めてらあ」「ほんのり甘いのがいいや」「もっと甘くなきゃな」

皆が言いたいことを言い合いながら、舌鼓を打つうちに、あっという間に、釜焼き玉子は消え去ってしまった。

佐川だけが、ただ一人、玉子焼きに手をつけていなかった。

「竜次さん……あのときは助けてくれてありがとう。ついついわっちも早まって、迷惑をかけちまった」

「いやいや、お互い無事やったんやさかいに、気にせんでええで」

「でも、その手……」

「大丈夫や。すぐ治るがな。おまはんが心配するこっちゃあらへん」

竜次の言葉に、佐川は涙ぐんだ。

「なんとしても助けたりたかったんや。おまはんは、わいの妹によう似てて、他人と思えへんねん」

竜次の漏らした一言に、さくらはぽんと手を打った。

「あ〜！　妹さんに似ていたんですね。内緒にすることでもないのに、どうして、今まで教えてくれなかったんですか。てっきり片恋の相手似とばかり思ってました」

さくらの言葉に、竜次はなにも応えず、暗い苦笑いを返した。

いよいよ夕暮れ時になり、障子の外に明るみがなくなってきた。またも小菊が心配になってきたさくらは、

「じゃあ、わたしはこれで……」

佐川の部屋を出て台所に戻ると、庭下駄を履いて庭に出た。

生け垣に沿って歩き、建仁寺垣に設けられた枝折り戸から出て、小川にかかる小橋を

渡った。道の両側は、こんもりと木々が茂っていて昼でも寂しかった。日が暮れかけているので、辺りはもうすっかり暗くなっている。

道の両側をやきもきしながら交互に見た。夕闇の色が深くなっていく。なにかあって戻れないなんてことはないだろうか。

今一つ、小菊は頼りない。そこが呼出しになれなかった所以だろう。どんどん心配になってきたさくらは、日本堤まで出てみた。

ぽつり。

道の彼方に小さな灯りが浮かんだ。

吉原の方角からだった。しだいに近づいてくる。目をこらした。光は提灯の灯りらしく、ふらふら揺れている。自慢の耳を澄ますと、「えほい」「えほい」という駕籠かきの掛け声や足音が聞こえてきた。

さくらは裾をからげ、暗い堤を早足で駕籠のほうに向かった。

やって来たのは、二挺の四つ手駕籠だった。

「ここでいいよ」

さくらの前まで来たとき、掛けられた茣蓙《ござ》の内から小菊の声がした。

「ほら、ここで止めなって言ってるだろ」

「へ、へい」

駕籠は、さくらの横を通り過ぎそうになってようやく止まった。後ろの駕籠も歩みを止める。

「出迎えかい。ごくろうさん。けど、迎えがたった一人とは、小菊姐さんも落ちたもんだねえ」

ひどく酔っているらしい小菊が、若い駕籠かきに手助けされながら、駕籠の外に降り立った。

「もう着いたのけえ」

聞き覚えがある声がして、後ろの駕籠からのっそり降り立ったのは、あの新八郎だった。

「な、何でえ」

新八郎は、さくらの姿を見て、ぎょっとしたふうにあとずさった。

「小菊さん、どういうことですか。こんな人と一緒だったんですか。この前、きっぱり忘れたと言ったばかりじゃないですか」

さくらは新八郎を無視して小菊を問い詰めた。

「色々、ありがとうね、新公」

小菊はこれ見よがしに新八郎にしなだれかかった。さくらは新八郎をきっとにらみつけた。新八郎の目がたちまち泳ぎだす。

「じゃ、じゃあ、これで俺は帰るぜ。駕籠屋さん、やっとくれ」

新八郎はそそくさと駕籠に乗り込んだ。

「そう、そう。酒代だ。とっときな」

小菊が駕籠屋にいくばくかの銭を手渡し、

「へへ。駕籠賃以外に、こんなにはずんでもらって、すみませんねえ」

駕籠屋がぺこぺこ頭を下げた。

長く続く日本堤を、新八郎を乗せた駕籠と、空になった駕籠が、たちまち遠ざかっていった。

提灯の灯りが届かなくなった道は、足元も定かでないほど暗かった。さくらは夜目が利くから平気だが、小菊は酔っているのでなおさら、足元がおぼつかない。

「さあ、さあ、佐川さんも他の女の子たちも心配してたんですよ。早く入りましょう。お腹はすいてないですか。お握りや香の物くらいならありますよ」

さくらは小菊のきゃしゃな肩を抱くように手をやった。

「すまないねえ」

さくらにしなだれかかりながら、小菊はふらふらと歩き始めた。

寮が近くなった。入り口に点された掛け行灯だけが、ぼうっと道を照らしている。

「新八郎もいいとこがあるんだよねえ。吉原が火事だって聞いて、すっ飛んで来たんだ。で、あたしを探して駆けずり廻ってくれたんだ。あの河岸女郎のことなんか、端から忘れてたってよ」

花又という河岸女郎の見世で遊んでいて、火事に遭ったのではないですかと言いたかったが、さくらは言葉を呑み込んだ。

「日本堤の上で、千歳、いや佐川が廓の内に取って返す騒ぎがあってさ。なんだかんだ言ってるうちに皆とはぐれちまったんだ。まあ、いいかって、一人で歩き出したんだけど、なにしろ大荷物を背負ってるだろ。後ろから走ってきた男と荷物同士がぶつかり合ってさ。弾みで土手を転がり落ちちまったんだ」

「ええっ、それは大変でしたね。怪我はなかったんですか」

「足をくじいちまってね。ようようの思いで這い上って、松の木の根っこに腰かけて足を撫でてたらさ。地獄に仏ってのは、このこったねえ。あたしの名を必死に呼ぶ声がするじゃないか。声の主が、他でもない新八郎だったってわけさ」

「それで……」

「新八郎におぶってもらって、深川櫓下にあるあいつの長屋に転がり込んだんだ」

「足はもう大丈夫なんですか」

「新八郎も心配してねえ。すぐに神酒蔵を呼んでくれたんだよ。神酒蔵も深川に住んでるからさ」

「へえ、あの神酒蔵さんに診てもらったんですか」

「あれで案外、凄腕の医者なんだよ。何でも、若い頃は長崎まで医術の修業に行ってたんだとさ。もともと薬問屋の若旦那で、医術を修めたんだけど、芸事好きが昂じて太鼓持ちになっちまって勘当さ。で……太鼓持ち稼業で稼いで、貧乏人からは薬代すら受け取らないってんだから、男じゃないか」

医者は誰でも名乗りさえすれば、すぐになれる。ただし患者が来るかどうかは別の問題だった。いい加減な医者が多い中で、神酒蔵は本物らしかった。

「へえ。見直しました。いつも酔うとろくな事を言わない、嫌な人とばかり思ってました」

「偏屈で、妙な奴だけど、医者の腕はなかなかって評判でね。吉原内にも患者が多いんだよ。ま、どちらかっていうと、病より怪我の治療が得意で……」

そこまで言ったときだった。寮の内から、ぶら提灯を手にして駆け出してくる三つの影があった。そのうち二つは小さい。

「小菊姉さま」

佐川とはつね、つるじが駆け寄ってくる。

「心配しましたよ。さ、さ、入ってください」

佐川が小菊の肩を優しく抱くようにして戻っていく。はつねとつるじが、ぶら提灯をぶらぶら揺らせながら、ぴょんぴょん跳ねるように二人の周りを歩く。

さくらは少し離れて、四人の後に続いた。

小菊さんの先行きが心配……。

新八郎はきっとまた誘い出しに来るだろう。ずるずるよりを戻すに違いない。

さくらは、足元のおぼつかない小菊の後ろ姿を見ながら、大きなため息をついた。

二

数日経って、ようやく寮での暮らしにも慣れ始めた。

(竜次さんの手、まだ痛むのかな)

腕を吊っていたさらしはなくなったが、いまだに寮の台所に立って包丁を握ることもなく、日々だけが過ぎていく。一日一日経つごとに、気がかりの影は濃い色にと変わっていった。

朝、起き出すのも遅い。今日も、明け六ツを半刻も過ぎてようやくのっそりと現れ、明け方から台所に立つさくらに声をかけてきた。

「お上から仮宅のお許しが出るのは、まだひと月以上かかりそうやな」

手のことなど気にしていなそうな、明るい声音だった。

「もうはや暇をもてあまして、出かける人がけっこういますねえ」

駕籠を頼んで、地味な身なりで市中の寺社などに出かける遊女もいた。

「実入りがまったくないのが辛いところやわな」

「ところで手はまだ痛いんですか」

「ぼちぼちや」

いきなりいい加減な返事で話をぶった切った竜次は、話の矛先をくるりと変えた。

「小菊はまた出かけてるんやな」

「あの新八郎のところに行ってるのじゃないかと、気がもめるんですけどね」

「新八郎の手引きで、船宿なんかで客を取ってるんやろ」

「えっ。ただ会っているだけじゃなくて、そんなことまでしているんですか」

「小見世やと、見世ぐるみで、内緒の商いしとるとこが仰山あるで」

「そ、そうなんですか」

「うちは格式ある中見世やさかいな。そないなことはせえへんけど、女郎が自前で、ちょこっと小遣い稼ぎするくらいは見て見ぬふりや」

「ところで……」

手の怪我の話を蒸し返そうとしたさくらに、

「そやそや。言うとくけんどな」

またも竜次が別の話題を振ってきた。

「台所を司るもんとして、ちゃんと周りにめくばりせえや」

「え？」

「千歳が声、出んようになったときかて、その前から、気鬱に気づいてなあかんかったやろが」

「じゃあ、竜次さんは気がついていたのですか」

「誰しも大きな節目やと緊張する。そんなもんやと思てたさかい、それについては、わいも、あほんだらやったて思とる」

竜次は苦笑した。

「そんで、元の話に戻るんやけどな。座敷持ちの白菊が、このところ胃の腑の具合が悪いさかいな。粥を作ったってんか。ほんで、振新の千代路が、昨日からちょっと風邪気味やさかいに、精のつく卵酒でも作って呑ませたって」

遊女だけでも三十人近くいて、遊女見習いの振袖新造と、年季が明けても行く先がなく、雇われ直している番頭新造を加えれば五十人を越える。禿もいる。大勢いる中で、それぞれの細かいことまで気がついて、料理に気を使う竜次に、さくらは感心した。

「気づきませんでした。わたしも、もっとよく目を配るようにします」

「料理番としては当たり前のこっちゃ。今、言うたこと、あんじょう頼むで」

言いながら竜次は台所の戸口から出ていった。

(見習わなあかんなあ)

竜次は何事も開けっぴろげなくせに、善行めいたこととなると気恥ずかしいのか、黙って行動に移している。

小菊が新八郎のことで悩んでいたときも、竜次に指摘されて初めて知った。おせっかい焼きを自任しているくせに、いつものことながら、自分の鈍感さが恥ずかしい。

早速、白菊に粥を、千代路に卵酒を持っていくことにした。

用事を終えて台所に戻り、土間に座って一息吐いていると、ふっと、寮の前を流れる小川のさまが思い浮かんだ。

亡き父平山忠一郎《ちゅういちろう》と暮らしていた大坂の家の前にも清い流れがあった。

気晴らしに見に行ってみようという気になったさくらは、襷も前垂れもしたまま下駄をつっかけて外に出た。

丹念に刈られた生け垣の間を通って、寮の横手から外へと通じる風雅な藁葺き門に向かった。枝折り戸を開けると小川があって、こんもり茂った灌木に隠れるように、ひなびた小橋がかかっていた。

（お江戸と大坂……離れてても泳いでる魚は一緒やなあ）

石段を、設えられた洗い場まで下りて、川の中をのぞいてみた。澄んだ水の中を、鮒や鯎《うぐい》、追川《おいかわ》、鱮《たなご》、川鯥《かわむつ》などが泳ぎ回っている。大きな鯉もいる。

（伊織さまと一緒に魚を追っかけて、着物までびしょ濡れにしたたっけ）

子供の頃だけでなく、十七歳で伊織が平山道場を去るまで、そんな幼い遊びをしていたことを思い出した。

（ほんま、二人とも子供やったなあ）

ふふふと笑いながら、しゃがんで小川の水に手を入れると、ひやっと飛び上がりそうな冷たさが伝わってきて、なんだか嬉しくなった。

そのときだった。薩摩弁のだみ声が聞こえてきた。

寮は、ぐるりに生け垣や建仁寺垣をめぐらせ、うっそうとした木々に覆われているので、外からは見えなかった。せめて出入りする遊女たちを見ようという連中が、ときおり門の辺りをうろついていた。

「ここでごわす」

「あの女子《おなご》もこの内におりもそう」

「出てこぬかのう」

「こっちは裏で、やおいかんばい。あっちさ行ってみるばい」

洗い場でしゃがんでいるさくらに気づかず、なんのかんのと言いながら、通り過ぎていった。歩きながら、生け垣の隙間から何度も、中の様子をのぞいている。

なにかご用ですかと、声をかけてやろうと、立ち上がったときだった。

「ちょいと、ちょいと」

道の上から誰かが声をかけてきた。

「わたしのことですか」

見上げると、逆光の中、ひょろひょろと痩せた男が立っていた。目の前に手をやって、透かし見ると、白水屋の大泉由右衛門だった。

「このあいだはご苦労さまでした」

由右衛門は眉をハの字にした。さくらも愛想良くお辞儀を返す。

横目で浅葱裏たちをうかがったが、諦めてそのまま立ち去っていく様子である。さくらは内心でためいきを吐いた。

「皆さん、お元気でしょうか」

由右衛門はその場にしゃがんで、さくらを見下ろしながら言った。

（こないして間近でじっくり見たら、どことのう正平さんに似てはる）

年齢もかけ離れ、顔形もまったく似ていなかったが、ひょうきんで人懐っこいところが、今は亡き正平を思い出させた。佐野槌屋を追い出されて困っていたさくらに、さりげなく親切にしてくれた、数々の思い出が胸に蘇った。

「小菊花魁、わたしをお気に召さなかったのかって、すごく気にしてましたよ」

ついつい、ずけずけ言いたくなる気安さがあった。

「そら、悪いことしてしもた。わたしゃ酒に弱いもんやさかいに、いざ小菊花魁と床に納まるっちゅう段になったら、もう眠うて……そのまんま、火事騒ぎで叩き起こされるまでぐっすり寝てしもてたんですわ」

慌てたらしい由右衛門は大坂弁で応えた。

「小菊花魁には、お気に召さなかったわけじゃないって、よく言っておきます」

「何とぞよしなに」

由右衛門は片目をつむって首をすくめた。

「ところでさくらさんは武家の出で、やっとうのほうが達者だそうですな」

大坂ふうに訛っているものの、お江戸の言葉に戻っていた。由右衛門も、さくらと同じように、『郷に入っては郷に従え』とばかりに、お江戸では大坂弁を使わぬようにしているのではないかと思えた。

「父が大坂の天満で新陰流の道場を営んでいましたので、小太刀を少々。ほんのたしなむ程度です」

「なら、安心しました。うっかり手を出して『この無礼者め』と、成敗されたらかなわないですからねえ」

由右衛門は大げさに首をすくめた。

「おほほ、年増女のわたくしなんぞにちょっかいを出す、奇特な御仁なんておられませんよ。周りは、若くて、しかも見目麗しい人ばかりじゃありませんか」

さくらは笑い飛ばした。

「さすが名だたる吉原。台所にいる女の人まで〝艶っぽい〟美女を取りそろえていると感心しましてねえ」

由右衛門は、少しおどけた口調で口を尖らせた。

艶っぽいの一言で、からかわれたとはっきりした。

さくらは未だに男を知らない。艶っぽさなど、どこをどうはたいても出てくるわけがなかった。惚けた顔で、色気の無さをからかっているのだ。

「ところでご用の向きは何でございましょうか」

つっけんどんに言った。

「わたしはねえ、江戸にいる間に、五色のお不動さんを全部、お参りするつもりなんですよ。すぐそこの目黄不動《めきふどう》さんにお参りしたついでに、足を延ばしてみました。佐野槌屋さんの寮がどんなところかと思いましてね」

「よろしければ、ご案内いたします。お茶など……」

石段を上ろうとするさくらを、由右衛門は慌てたふうに手で制した。

「いやいや。またの機会にいたしますよ。考えてみれば、きれいどころのお姐さまがたも寮ではくつろいでおいででしょうし」

「遊女の素の姿を見てしまえば、夢の世界がだいなしですもんね」

「それを言うのは野暮ですよ……それにしても魚がたくさんいますなあ」

すたすたという草履の音も軽やかに石段を下りてくると、さくらの隣で川面をのぞき込みながら、水に指を浸した。指で水面をかき混ぜると、魚がさっと散っていく。

「これも惣兵衛さまから聞いたのだけど、さくらさんは、大坂の天満の出なのですか」

「……で、いとこの力也と一緒にこのお見世で働くことになったのですが、口利きをしてくれたのが、料理番の竜次さんでした」

かいつまんで事情を話すと、

「ほう。あの料理を作ったのは、竜次いう名のお人なんですね」

由右衛門はなおも水面をかき混ぜながら言った。

「竜次さんは、こんなところの料理番にはもったいない人です。大きな料理茶屋を転々としていて、ようやくこの見世に落ち着いたみたいですけど」

「へええ。あの料理は、見た目も味もすごいと思ったけど、竜次さんというお人は、よほど腕が確かなんですね。お腹がいっぱいだったのに、ちゃんと美味しいと思えましたもの」

竜次をほめられれば、自分のことのように嬉しくなる。

「黙っていれば、ほんと粋で鯔背な江戸っ子なんですけどね。大坂は南部の出で、口が汚くって……」

「ほう。大坂の南のほうねえ」

由右衛門が顎を撫でたときだった。

「さくら、どこや」

出かけたはずの竜次が、ひょっこり枝折り戸から顔を出した。

「ここです」

立ち上がって返事をするさくらに、由右衛門は、

「じゃあ、わたしはこれで失礼しますよ」言うなり、石段を上って、そそくさと立ち去っていった。

「あれ、今のは確か白水屋の……変な奴っちゃな。わいの姿が目に入らんはずないのに。あないなことで、大店のえらいさんがよう務まるもんやで」

「しっ。聞こえたらどうするんですか。だいじなお客さまの惣兵衛さまに重用されているお人なのに」

「それもそやな。白水屋はんには、佐川をせいだい贔屓にしてもらわなあかんのやさかいな」

竜次は首をすくめた。

「竜次さん、もしかして由右衛門さんのことを嫌ってるんじゃないですか」

「小菊に恥をかかせた男やさかいな。ええ気はせんわな」

竜次の言葉に、さくらは唇に手を当てた。

「悪い人じゃなさそうですけど……考えてみれば、なんとなくうさんくさい気はしますね」

目黄不動とも呼ばれる永久寺は、さびれていて、大坂からはるばるやってきた由右衛門が、わざわざ参拝するような寺ではなかった。竜次から逃げるように立ち去ったこともおかしい。

(良い人でも嘘を吐かれるってことはあるもんなあ)

またも正平を思い出した。正平も良い人だったが、さくらはすっかり騙されていた。

悲しい嘘ばかりだったが……。

「で、わたしに何の用なんですか」

「袖浦に……ちゃう、ちゃう。今は袖路やったな。わいが出かけようとしたら、ばったり出会うたんや。裏手の竹葺き門の外で待ってるで。さくらに会いたいそうや」

「えっ。わたしに？　袖浦ちゃんがですか」

「これ、昨日、買《こ》うて食わんままやった駄菓子やねんけど、持っていかんかい」

懐から懐紙に包まれた物を手渡してくれた。

「じゃあ、行ってきます」

さくらは襷と前掛けをはずして胸元に仕舞うと、寮の裏手へと急ぎ足で向かった。


竹林の続く小道の先に、竹林に溶け込むように、趣深い竹葺き門が見えた。枝折り戸を開けて外に出ると、ここでも、道との間に清い流れがあった。小川にかかった瀟洒な小橋の向こうに、小さな影がたたずんでいる。

袖路は下駄の足音に、うつむいていた顔を上げた。

「久しぶり」

袖路の憂いに沈んだ顔に、ぱっと朱が差した。

「袖浦ちゃん、なかなか訪ねて行けずに御免ね」

「今でも袖浦って呼んでくれるのけえ」

袖路は今にも泣き出しそうな顔で微笑んだ。

「わざわざ訪ねてきてくれてありがとう」

「なに言ってんだい。小倉屋は金杉村の百姓家を借りてるから、ここことは目と鼻の先じゃねえか」

「そんなに近くだったんだね。御免。知らなかった」

「わっちの見世じゃ、女郎どもを遊ばせておく余裕なんてねえから、お上に内緒で客を取ってるんだ。若い者がなじみの客を誘い込んでくるんだけど、昼間にお客がつくことはほとんどねえから、こうして合間を見計らって出てきたんだ」

「なじみのお客さんのことで大変だったんだね」

「利七さんが来てねえかって、さっきもお店の人が来てね」

「お店の人が、その人を探し回ってるんだね」

「店から持ち出した品やらお金やらが、全部、見つかったわけじゃねえからなあ」

「ひょっとして……千歳ちゃんのお祝いにあげた金魚柄の常着も、利七さんて人からもらった品なの？」

「そういうこってえ。千歳は姉妹のようなもんだろ。ちゃんとした祝いをしたいって悩んでたら、利七さんが上物の反物をくれたんだ。あれ、わっちが縫ったんだよ。うちの見世に、仕立てもので暮らしを立ててた姐さんがいてね。その人に教えてもらって、空いた時間にこつこつ縫い上げたんだ……で、取り上げられちゃかなわねえから、慌てて届けたってわけでえ。このことは誰にも内緒だよ」

　誇らしげに、腫れぼったい目を輝かせたかと思うと、急に眉根を寄せた。

「けど……あの火事で燃えちまったんだろ」

「逃げるとき、佐川さんが羽織ってたから無事だよ」

「良かったあ」

雲が切れた空のように、表情がぱっと明るくなった。

「そうそう、竜次さんがこれをって」

懐紙を開くと、中には『求肥飴』が二つ入っていた。

白玉粉を蒸して、白砂糖と水飴を加えて練り固めた駄菓子は、白く半透明で弾力があった。二人して求肥飴を口に入れた。

「飴というけど、口の中でゆっくり溶かす飴とは違うよね。でも餅ほど軟らかくないし」

噛み応えがあるが柔らかく、甘味が心をいやしてくれる。

「さっきの話の続きなんだけど……白水屋から来た人は、追っ手にしては優しそうな人だったな」

「えっ。利七さんって人は、白水屋さんの人だったの？」

「最初に見世に来たときは、小さな呉服問屋の若旦那って話でよ。身なりもちゃんとしていて、とても平の手代なんかにゃ見えなかったね。うちみたいに小さな見世には不似合いの、いかにも裕福そうな人に見えたんだ。船宿に上物の着物やら帯やら小物やらを預けていて、そこで着替えてから来てたらしいよ」

「正体を知って、そりゃあ、がっかりしたよね」

「昨日、こっそり利七さんからの文が届いてよ。今まで騙していて悪かった、けど、わっちを思う気持ちは遊びじゃなくて本心だってしたためてあったんだ」

「袖浦ちゃんもその人が好きだったのね」

「好くって意味がよく分からねえけど……ま、そういうことかな」

袖浦はつぶやくように言った。

「ところで、さっき言ってた白水屋の人って、もしかして大泉由右衛門さんって言わなかった？」

「それそれ、その人だ」

「うちにもさっき来てたの。たまたま寮の外で出くわしたっていうか……」

「その人と色々、話したんだ。わっちがついこの前まで佐野槌屋にいたって言ったら、妙に話がはずんじまってね。さくらさんのこととか、竜次さんのことも色々、話したんだ」

どうでもよい話をして安心させ、利七のことを聞き出そうとしたに違いなかった。若くして大店で出世しただけあって、ひょうきんで優しげな顔をしてなかなかの曲者なのだ。

「わっちはそろそろ帰らあ。稼ぎが悪いくせに長いこと外をうろつき回ってちゃ、叱られちまうからな」

袖路は苦笑した。

「じゃあまたいつでも訪ねてきてね」

さくらの言葉に、袖路はしばらく押し黙っていたが……。

「さくらさん、さようなら」

顔を上げた袖路は明るい笑顔を向けてきた。

さくらは分かれ道が交差する辻に立って、袖路の後ろ姿を見送った。丸みを帯びた小柄な姿が木立の向こうに消えていく。

そのときだった。

どくんと心ノ臓がはねた。

利七と二人して逃げる……いや、心中するつもりなのだ。今日、わざわざ訪ねてきたのだから、今日か明日に違いない。

袖路は越中の出で、貧しい農民だった両親が、わずか三両の金子のために我が子を売ったと聞いていた。頼れる者などどこにもいない。だからさくらを選んだのだ。選んでくれたことに応えたい。

さくらの中のおせっかいの虫が腕まくりした。

(死ぬの生きるのの瀬戸際で、わたしの作った物が役に立つかどうか分からへんけど)

先日、竜次に教えてもらった『松風』を作り始めた。

干菓子の一種で、うどん粉と砂糖に水を加えたものを平たく焼き、表側だけ芥子の実を振って、切り分けたお菓子である。

女の子たちに手伝ってもらって、多めに焼き、振袖新造や禿たちにも分けた。

夕暮れ近くになって、畳んだ提灯を手に、小倉屋の者たちが仮住まいしている農家に向かった。

こんもりした森に包まれた村が、曲がりくねった道の彼方に見えてきた。少し前なら、どの家々も、色とりどりの花に囲まれていただろうが、今は枯れて、村全体が落ち着いた色に染まっていた。

目指す農家は村のはずれにあった。松の木に縁取られた山裾に抱かれた家は、何の変哲もない農家である。他の家々同様、藁葺き屋根に苔や雑草が生え、棟木伝いに植えられた百合が枯れた色を残していた。

夕暮れ時で、外に人影はなかったが、もう客が来ているらしく、ひなびたたたずまいの古屋に似つかわしくない、三味線をつまびく艶っぽい音や、女の笑い声と男の野太い声が、家の内から漏れ出していた。

どこで見張ればいいかと、家の周りをうろうろしていると……。

椿の茂み、松の大木に身を隠すように人影が見えた。

利七かと思ったが……。

さくらはゆっくりと人影に近づいて声をかけた。

「ひっ」

由右衛門は、飛び上がらんばかりにしながら、慌てて口の辺りを押さえた。

「さくらはんが、何でここへ？」

思わず大坂弁に戻っている。

「由右衛門さんこそどうしてこの家をのぞいているんですかあ」

「あ、これはまあ、その……」

由右衛門は胸元に手をやった。

「利七って人を捕まえようと見張ってるんですか」

「捕まえて連れ帰ろうってわけじゃないですよ。それなら、わたし一人で来やしませんよ」

由右衛門の目は妙に優しかった。

「このところ毎晩、ここに来ているんです。今日は思い切って袖路さんに話を聞いてみたんですけどね。話ぶりからして、やはり、今日、明日のうちに利七がここに現れると思うんですよ」

「わたし、二人して逃げようとしてるんじゃないかと思うんです」

「女郎を無事に足抜けさせても、行き着く先はやはり……ですよね」

「それが心配で、わたしもこうして来たんです」

二人して顔を見合わせた。

「ここからなら表口も勝手口も見渡せますからね。二人して待つとしましょう」

椿の茂みはみっちりと繁茂しているので、二人が身を隠すにはうってつけだった。

提灯を下げた二人連れが、家の中に吸い込まれていった。出迎える見世の者や遊女の声がして、急に騒がしくなった。

「あ、あれは」

そのときを見計らったかのように、裏の竹藪から、ついっと現れた影があった。

影は勝手口の方に向かった。それに応じるように、そっと姿を現したのは袖路だった。畳んだ提灯を手にしている。

二人は農家を後にすると、離れた場所で提灯に火を入れた。

気づかれぬよう、さくらと由右衛門も後を追う。

袖路が先に立って、どんどん竹藪に分け入っていく。藪の中は真っ暗だった。

「ともかく追ってみましょう」

すぐにも心中するのではないかと動悸が増した。

提灯に手拭いをかぶせて、灯りが漏れにくいようにしながら、距離を開けて続く。さくらは夜目が利くが、由右衛門は何度もつまずきそうになった。

「えっ？」

少しばかり開けた場所まで出た二人は、いきなりもみ合いを始めた。

こちらを向いた利七の顔がはっきり見てとれた。

(惚れれば、あばたもえくぼなんやろか。ま、見かけで決めたらあかんけど)

良い男どころか、利七は、下駄に細い目、低い鼻をつけたといった面相の男だった。

「ここからじゃ聞こえませんね、さくらさん」

由右衛門が不安げに丸い目を瞬かせた。

「大丈夫です。任せてください。わたし、耳と目が人並み外れて良いんです」

なにかあれば、すぐに飛びだしていけるよううかがいながら、さくらは目をこらし、耳を澄ませた。心ノ臓がどくどく音を刻む。

「覚悟を決めてきたってのに、その旅装束はなんだよ。見なよ。わっちは、ちゃんと死に装束なんだ」

袖路は羽織っていた小袖を脱いだ。中から現れた真っ白な死に装束が闇に光を放つ。

「なにを言ってるんだい。わたしは上方に帰ってやり直すんだ。だからせめてもう一度会って、おまえを思う存分、抱きたいと、こっそり文を届けただけだよ」

「あんた、逃げおおせると思ってるのかい。火付けは重罪だよ」

「おい、おい。誰が火付けをしたって言うんだい」

「正体がばれて、うちの見世の若い者に殴られ蹴られて見世の外におっぽり出されたろ。その腹いせに……」

「なにを言うんだい。そもそも、小倉屋が火元だってはっきりしてるのかい」

「う、うちの見世の裏手辺りってことは間違いねえんだよ」

「馬鹿だね。わたしがそんなだいそれたことをするわけがないよ。お上やら、白水屋の追っ手に捕まるのが怖いから、あの日以来、吉原に足を踏み入れちゃいないよ」

「それはほんとかい。わっちはすっかり思い込んじまってたよ。あんたにつきあって死んでやろうって決心してたのに……何でぇ」

袖路の言葉が途切れ、利七は押し黙ってその場に突っ立っている。

「由右衛門さんはしばらく待っていてください」

二人のやりとりを手短に伝えると、二人のほうに歩み寄った。足元でかさかさと、積もった笹の枯れ葉が音を立てる。利七がぎょっとして固まった。

「さくらさんがどうしてここへ？」

袖路は目を見開き、小首をかしげた。

「悪い考えを起こさないか、ちょっと気になってね」

さくらはつとめて軽い口調で言った。

「はは、確かにそうでぇ」

袖路は半泣きの笑みを見せた。

「わっちはもうこの世に未練がなくなっちまってたんだ。けど、一人で死ぬのは寂しいだろ。どうせなら可哀想な利七さんと一緒に死出の旅に出ようって思ったんだけどよ。わっちはとんだ馬鹿でぇ」

上客が現れて、自信がつき、人気が出て有頂天になっていたら、突然、奈落の底に突き落とされた。いくらおっとりした袖路でも、自棄になるだろう。

「ははは」利七が急に笑い出した。

「こちらも憑き物が落ちたよ。馬鹿な女郎にのめり込んだわたしが、とんだ阿呆だった。入店して十三年目。これからというときだったのに、小僧の頃からの苦労が全部、水の泡になった。恩のあるお店にずいぶんと迷惑をかけてしまったんだ」

わめきながら、利七は地面に積もった笹の葉の上に突っ伏した。

「ひとつ賢くなったところで、どうだね。わたしと一緒に店に戻ろう。悪いようにはしないよ」

身を隠していた由右衛門が利七の前に姿を現した。

「あなたは？」

「わたしの顔を知らないのも無理はない。わたしは大坂店の支配役、大泉由右衛門だ。名前くらいは知っているだろ」

悠揚迫らぬ態度や、言葉の端々まで、支配役の貫禄を感じさせた。

「大坂店の支配役さまが……ど、どうしてここに？」

利七の声が裏返った。

「江戸店に着いて早々、おまえの話を耳にしてね。聞けば、ずいぶんと商才もあって、真面目だというじゃないか。惣兵衛さまにお願いして、わたしがきっとお店に連れ戻すと申し上げたんだよ。実は……わたしにもよく似た過去があってね」

「ええっ。支配役さまにもそんなことが？」

利七は亀のように首を突き出した。

「わたしがまだ平手代。入店してちょうど十年、二十二歳のときだったよ。大坂は新町の女郎に入れあげて、お店のお金をずいぶん使い込んでしまってね」

そこで由右衛門は竹藪に囲まれた小さな星空を見上げた。利七はごくりと唾を呑み込んだ。

「その頃、大坂店で支配役をしておられたのが惣兵衛さまでね。わたしは惣兵衛さまに諭され、御店に戻って、心を入れ替えて働くようになったんだよ」

「あなたさまのようなお方にもそのようなことが……」

利七の目に光が戻ってくる。

「いまさら出直せないなんて思わず、店に戻ってくることだよ。悪いようにはしないからね」

「分かりました。そうさせていただきます。今後は、身を粉にしてご奉公させていただきます」

利七は竹藪の地面に手をついて、深々と頭を下げた。

ようやく『松風』の出番が来た。

「丸く収まったところで、このお菓子を食べてから戻るとしませんか」

さくらは、それぞれに、うやうやしく数枚ずつ手渡した。

「これはどこのお店で買ったのですか」

提灯のわずかな明かりの下、由右衛門が、芥子の実が振られた表側を見たり、裏返してみたりしながら尋ねた。

「お店の品よりだいぶ不恰好ですけど、わたしが焼きました」

「ほう。どれどれ」

由右衛門がぱりっとひとかじりする。

「芥子の実を点々と散らしたさまが、松林の地面に似ているからとか、謡曲の一節で『浦寂し、鳴るは松風のみ』とあるところからとか、表は芥子の実で華やかだけど裏側は無地で寂しい……『松風の音ばかりで、浦《裏》がさびしい』からきているとか言われますね」

さくさくでほんのり甘い。上品な甘さと香ばしさが際立っている。

「ほんと熱いお茶があれば最高ですね」

「元々、兵糧として生まれたというだけあって、お腹の保ちがいいんですよね」

食べ終えた一行は、提灯をぶらぶらさせながら、竹藪を抜けてもと来た道をたどった。百姓家に近くなった。家の内から灯りが漏れる。笑い声も聞こえる。

「さくらさん。ありがとう」

袖路がさくらに抱きついてきた。

「ほんとは止めて欲しい気持ちがあったのは、ここだけの話だよ」

耳元でささやくように言ったと思うと、小走りで帰っていく。

さくらは、裏口から入っていく袖路の後ろ姿を見送った。

「おい、袖路。どこに行ってやがったんだ。稼ぎ時にふらふらしてるんじゃねえぞ。一晩に何人客を取るかが女郎の腕の見せ所でえ。中見世から鞍替えしてきたからって、お高くとまってるんじゃねえや」

家の内から男の罵声と、頬を叩くような音がした。

三

竜次には白水屋の名を出さず、丸く収まったとだけ告げた。

二日経った今日は冬らしく寒々とした日である。

夜半からの雪で、辺りはなにもかも薄化粧していた。振袖新造や幼い禿が、朝早くから広い庭に出て『雪転がし』をしてはしゃいでいる。小さく、出来が悪い雪だるまや雪兎がどんどん増えていく。

竜次が台所に立つこともなく、日にちばかりが過ぎていく。今日も、朝早くから、仮宅の準備の手伝いと称して、山の宿へ出かけていた。

お昼前、由右衛門が、二挺の駕籠を仕立てて訪ねてきた。

「その後のご報告を兼ねて、お誘いに参りました。ご一緒に雪見などどうですか」

十一月に『看雪《ゆきみ》』という行事があると知っていたが、そんな気分ではない。

訳有りの男女で舟に乗り、適当な場所で船頭が煙草を吸いに岸に上がって、後は二人きり……などという艶っぽい話は、さくらでも知っていた。由右衛門と二人きりで船遊びとなると、妙な噂が立ちそうで恥ずかしい。

「竜次さんは今留守ですし、勝手に出かけることなどできません」

しぶるさくらに、由右衛門は片目をつぶってみせた。

「惣兵衛さまが佐川花魁の様子を気にしておられる、佐川花魁の姉のようなさくらさんに忌憚ない話を聞きたいとおっしゃっている……ということで、どうでしょうか」

寮に来ていた番頭の幸助に、由右衛門の話を取り次いだところ、

「それはいい。惣兵衛さまはよほど佐川をお気に召しているんだな。お得意先からのお誘いは、でえじにしねえとな」と、あっさり承知されてしまった。

さくらは、大坂を出る際に持ってきた、自前の着物に着替えた。亡き父忠一郎があつらえてくれた小紋だった。

ふだんは店から借りているお仕着せばかりで、小紋を着ることなどなかったが、五月には裏地のない『単《ひとえ》』に、九月には裏地のある『袷《あわせ》』に、十月には『綿入れ』に……暦通り、表地と裏地の間の綿を抜いたり入れたり、せっせと仕立て直していた。

『割り唐子』に結った髪も念入りに整えた。

「お待たせしてすみません」

座敷に通されてお茶を呑んでいた由右衛門は、さくらを見るなりぽんと手を叩いた。

「おやまあ、こりゃ見違えましたなあ。お仕着せの着物じゃなくなると、すっかり武家の娘さんですな」

ほめているのか、『馬子にも衣装』だと言っているのか……判然としない由右衛門と二人、駕籠に揺られて、日本堤を吉原の方角に向かった。

堤は、箕輪から山谷まで、十三町ほど続いていた。吉原を右手に見ながら長く続く土手を行く。土手道は、まるで白い布を敷いたようだった。

無残に焼けた廓内は、妓楼が建ち並んでいたときより、はるかに狭く感じられた。焼け焦げた黒と、日の光をきらきらと反射する雪の白さが、この世ならぬ場所のように思えた。

昼日中の日差しの中、重なりあった黒焦げの材木を片付けたり、焼け跡を掘り起こしたりしている人の姿があちこちでうごめいている。

堤の両側に並んでいた葦簀《よしず》張りの水茶屋は、無事だったものの、簾で覆われたまま人気がまったくなかった。

駕籠は山谷堀にある一軒の船宿の前に止まった。格子に『若竹屋』と記された掛け行灯が見える。二階には小粋な座敷があって、男女の密会にも使われているらしかった。

「さ、さ、どうぞ。由右衛門さま、船のお支度はできてございますよ」

腰高障子の前で待ち受けていた、愛想の良い女将と、腰の低い店の者に案内されて桟橋に下りていく。

さくらは、寮から、雪や雨の日のための『足駄』を借りてきていた。歯が高いので難儀しながらゆっくりと下りた。

「これはご依頼の……」

女将が由右衛門に、真新しい手拭いにくるまれた物を二つ手渡した。

「気の利いた料亭などより、気楽なほうが良いと思いましてね。どうせなら『雪見船』としゃれこむことにしたんですよ」

由右衛門が、浮き浮きした様子で振り返った。

『東都歳事記』にも、『看雪の一番は隅田川堤』と書かれているそうで、そりゃあもう良い景色なこと請け合いでござんすよ」

女将が粋筋の出らしい物言いで、口をはさんだ。

「わたしは何のお役にも立ってませんのに」

「まあいいじゃないですか。わたしはもうじき上方に戻ります。江戸土産に、隅田の雪景色を見ながら、寒さを寒さとして楽しむのもおつなものでしょ。ま、ここはお互い、役得ってことで」

「お相手がきれいどころじゃなくて、申し訳ないですけどね」

苦笑しながら、船頭に助けられて簾掛けの船に乗り込んだ。

屋根船の中には敷物が敷かれ、炬燵《こたつ》が設えられていた。傍らには七輪が置かれて火がおこされている。女将が慣れた手付きで七輪に鍋を載せた。酒も運び込まれる。燗をするための火鉢も置かれていた。

『『鰤の雪鍋』は、体がよく温まってようございますよ。後のことは万事、船頭にお任せくだされませ」

鍋はすでに、出汁に下ろした大根を加えて醤油と酒で味つけしてあった。女将が、煮立った鍋に、一口の大きさに切られた鰤の切り身を入れる。

支度をし終えた女将は船を下り、さくらは由右衛門に促されて、炬燵に膝を入れた。

「はい、温石《おんじゃく》。寒いといけないから、さくらさんの分も頼んでおきましたよ」

女将から受け取った包みの一つを、炬燵越しに手渡してくれた。

ほんのりした温かさが、受け取った掌に伝わってくる。温石は、軽石などを火で焼いて、布に包んで懐中するものだった。

「わたしの分までありがとうございます」

押し戴くようにして胸元に納めた。

「お近いうちに」

女将が決まり文句の挨拶をしながら、舳《みよし》に手をやってぐいと押し出す。屋根船はそれを合図に水面を滑り出した。船頭が水竿を器用に操り、船は揺れもせずに進む。

今戸橋をくぐって大川に出ると、船頭は水竿から艪に持ち替えた。はるか川下には吾妻橋がかすみ、波間には都鳥がのんびりと浮かんでいる。

竹屋の渡しの渡し船が、対岸の三囲《みめぐり》稲荷のほうへとゆるゆると向かっていく。雪よけの屋根を作った猪牙舟《ちょきぶね》が一艘、霞んで見えた。簑をまとった船頭がのんびり漕いでいる。

「上野の不忍池やら、愛宕山、飛鳥山も雪見の名所と聞いて、迷いましたけど、やはり船を仕立てて良かったです」

由右衛門はいやに饒舌だった。

目の前の砂州の草むらから鴨が飛び立つ。待乳山聖天の杜が遠ざかっていく。大川を上っていくと、対岸に長く続く土手が見えた。雪に霞むさまは夢の中のようで、さくらは移り変わっていく景色に見入った。

「あれが桜並木で名高い隅田堤でやす。花見の頃にまたお越し下せえ。土手に散る花吹雪がようござんすよ」

中年の船頭が愛想笑いしながら言った。

なにもかもが雪に煙るさまは絵になる光景だった。

絵といえば……いつものように武田伊織を思い出した。伊織との雪見ならどんなに心ときめいたことだろう。

帆船が彼方をゆったりと走る。

「あそこに見える白鬚の渡しの先には、向島の新梅屋敷がごぜえやす」

「桜もいいが、梅もいいよねえ」

彼方を見透かすような目をしながら、由右衛門が船頭に調子を合わせる。

大形の屋形船がゆっくりと追い越していった。開かれた障子の間から、酒宴を催す武家やきれいどころの姿が見えた。向島の長命寺は雪見の名所として広く知れ渡っていた。長命寺に繰り出すのだろう。

流れのほとんどない場所で、船頭が艪を漕ぐ手を止め、鍋に豆腐と水菜を入れた。真っ白い雪のような大根おろしに水菜の碧が映える。

「そろそろ食べましょう」

由右衛門の言葉で、汁《つゆ》と具を器に取って、おろした生姜を少々入れて食べ始めた。昆布出汁が利いている。醬油が、控え目ながら、ぐっと味を引き締めていた。

「鰤の魚臭さがないのに、濃厚でいいですね」

「ぽかぽか温まるでしょ」

豆腐の淡泊さ、水菜のすっきりさは、鰤と相性が良かった。

「脂ののった旬の寒鰤って最高ですね」

「味が濃いのに、身はぽっくりしているのが、さくらさんみたいですね」

「ええっ。どういう意味ですか」

「いやいや、ちょっと言うてみただけですがな」

由右衛門が酌をしてくれる。さくらも、今まで一度もしたことがないお酌をする。

酒を口にすると、喉の奥が、たちまちぽわっと熱くなった。

力也と一緒に軍鶏鍋《しゃもなべ》を食べたときも、二人で一つの鍋をつつき合ったことを思い出した。あのときは身内だから何とも思わなかったが、さほど親しくもない由右衛門と同じ鍋をつついていることが不思議な気がした。

由右衛門が三度に、さくらが一度ほど、

（呑めへんお酒を差しつ差されつっちゅうのも、なんか変やなあ）と思いながら、ぎくしゃくした手付きで、由右衛門の猪口に酒を注いだ。

寒い日に雪見をしながら、寒鰤の鍋でお酒……体の芯まで温かくなっていく。

鍋の中が寂しくなった頃だった。

「実はね。竜次さんのことを知っているんですよ」

由右衛門の一言に、さくらは、思わず水菜を喉に詰まらせそうになった。

「あの晩、竜次さんを初めて見たときは驚きましたね。身なりも立ち居振る舞いもすっかり町人でしたが、あの派手な顔立ちですから、すぐに分かりましたよ。竜次さんはだんじり祭の花形で、岸和田では知らぬ者がいないお方でしたからね。わたしはというと、相撲取りみたいに丸々と太っていたんですよ。今は落ちくぼんだ大きな目だけど、その頃ははれぼったい瞼で、すすきで切ったような細い目だったんです。上役や手代仲間から、『丸右衛門』て呼ばれてましたから、由右衛門という名を聞いても、竜次さんはぴんとこなかったと思いますよ」

大きな目をさらに見開いたり、思い切り細めたりしてみせた。

「それにしても、今の由右衛門さんからは想像もつきませんね」

さくらもつられて笑った。

「そりゃもう、ああいった出来事がありましたからね。それからは、身を粉にして懸命に働くようになって、今度は『骨右衛門』なんて言われるほどになっちまったんですよ」

「人ってそんなに変わるものなんですね」

「わたしが生まれ変われた際の恩人といえば、惣兵衛さまと……当時は竜太郎さまと名乗っておられた竜次さんのお父上でね」

「ええっ。そうなんですか。世間は狭いですね」

「お父上の彦左衛門さまは、名のある御家の立派なお侍さまなのに、次男坊の竜太郎さまは、生まれついてのだんじり狂い。竜太郎さまの行状をずいぶん気に病んでおられました」

「それで、とうとう勘当されたと、竜次さんから聞きました」

「勘当されたかどうか、わたしは知りませんけど、ともかく、十年前にふいっと姿を消されましてね。どうして突然出奔なさったのか、今でも不思議なんですよ。で、久しぶりにお顔を拝見して驚いたしだいです」

「竜次さんのことを国許の方々に知らせるのですか」

「それは……彦左衛門さまは今、気ままな隠居暮らし。綺麗さっぱり縁を切って、忘れようとなさっておられるなら、かえってお心を乱すだけかもしれませんしねえ。わたしの大恩人なだけに、慎重にならざるを得ないんです」

　由右衛門は悩ましげに首をひねった。

「そっとしておくほうがいいのかもしれないですね。勘当だの、出奔だのって、よほどのことがあったのでしょうしね」

「だからこそ、竜太郎さんが出奔された当時の事情を知りたいのです」

「わたしもずっと気になっているんですけどねえ」

「さくらさんが一番、親しいとお聞きしました。『そういえば……』などという、ちょっとしたことでいいんです。思い出すことがあればぜひ教えてください。実は、そういうお話がしたくてこうしてお誘いしました」

「ぽろっと漏らしたことといえば……佐川さんに似た妹さんがいたそうですね」

「確かに竜太郎さまには、年の離れた兄上の他に、二つ違いの妹御がおられます」

「どんな方ですか？　佐川さんに似ておられますか」

「娘時分は、確かに可愛くて綺麗なお嬢さまでしたね。ふだんは苦虫をかみつぶしたような顔で、何事にも厳しいあの彦左衛門さまが、お初さまにだけは甘くて、お初さまに声をかけられるときの、猫なで声を初めて聞いたときは……はは、そりゃもう、『このお方が？』って、ずいぶん驚きましたね」

いかにもおかしそうに語る由右衛門の話ぶりでは、彦左衛門は堅物一辺倒ではなさそうだった。上手く仲立ちをすれば、案外、すんなり和解できるのではないかと思えてきた。

冷たい風が熱い頬を撫でる。

「せっかくですから、由右衛門さんのことも教えてください」

「お店者は皆、似たようなもの……特に面白い話なんてありませんがね」

近江生まれの由右衛門は、十一歳で、白水屋への奉公が決まり、他の子供たちと一緒に大人に連れられ、心細さと希望を胸に江戸に出てきた。

奉公を始めた当初は、松吉と呼ばれ、十五歳で元服して『若衆《わかいしゅ》』になると、大泉由右衛門と呼ばれるようになった。

「名付け親は惣兵衛さまでした。実の親とも、兄とも思っております」

二十歳で『初登』を許されて故郷近江に戻ったとき、惣兵衛に気に入られて大坂店の手代となり、一人前の仕事を任されるようになった。

「紆余曲折あって、組頭から、今の支配役となったんです。ね、面白くも何ともないでしょ」

「大店だと、平手代で終わる人がほとんどっていうじゃないですか。そこまで出世できる人は一握りでしょ。すばらしいことだと思います」

さくらの言葉に、由右衛門は、少しばかり鼻をうごめかせた。

「次はさくらさんのことも教えてくださいよ」

由右衛門の言葉に、さくらは、

「大坂天満で町道場を開いていた平山忠一郎の一人娘として育ちました。母は早くに亡くなり、おさんどんはわたしがしていました。お転婆で女らしい遊びには無縁で、父の見よう見まねで武芸の技を磨くことに熱心な子でした。女らしさの欠片もないのは今も同じですけどね」

簡単な生い立ちから語り始めて……いつしか武田伊織との過去を話し始めていた。

大坂町奉行所同心の家の二男だった伊織は、さくらの父平山忠一郎が開いていた、大坂天満の道場に通っていた。さくらと同い年で、姉弟のように育ち、道場を継ぐものだと目されていた伊織は、大坂町奉行所同心の大隅家に養子に入った。だが、伊織は突然、出奔し行方不明になった。

互いの恋情に気づかぬままの二人は、この江戸で再会した。妓楼の台所の下働きと、生人形の見世物小屋の駆け出しの人形師弥吉として……。

伊織から積年の思いを告げられたものの、結ばれることはなく、それぞれの道を歩むことにした。

「……というわけなんです」

「なんと、好き合っていたとようやく分かったというのに、そのまま、また別れ別れというわけですか」

「そうなんですよ。三十歳にもなって、奥手にもほどがありますよね」

伊織のことを思い浮かべれば、美しい思い出ばかりが蘇った。

「思い出としてずっと心にしまっておけることは、素晴らしいと思いますよ。伊織さまという方は修業中の身。さくらさんと所帯を持つとなれば、別の生業を見つけて、人形師の道を諦めなければならなかった。さくらさんも、人の心を癒やす居酒屋を作るという夢を諦めることになったわけです。お互いの目指す夢に目一杯、挑めない、あるいは夢を諦めなきゃならなくなる。最初は良くても、お互い、無理をしていればだんだん、ぎくしゃくしてくる。きれい事じゃ夫婦はやっていけませんからねえ」

由右衛門はしたり顔でうなずいた。

「由右衛門さんは所帯を持ったことがあるのですか」

「いやいや、お店に住み込んでいる間は、所帯など持てませんよ」

「なのに、夫婦の機微をよくご存じなのですね」

「そりゃあ、お得意さまに足繁く通って、懐に飛び込む、親戚同様、親しくさせていただくのが商い。思わぬあれこれまで見聞きしますからねえ」

由右衛門は得意げに、だが寂しげに苦笑した。

「船頭さん、冷えてきたし、岸に付けないでそのまま帰ってくださいよ」

「へい、さようで」

屋根船は、木母寺を右手に見ながら大川と荒川、新綾瀬川が合流する鐘ヶ淵で折り返した。

お腹もふくれて、酒でほてった頰に、冷たい川風が心地よい。船頭が鼻歌交じりにのんびり艪を漕ぐ音が心地よい。

「実はね。このたび、のれん分けが決まりましてね。惣兵衛さまへのご報告を兼ねて江戸に出てきたんです」

世間話をするように切り出した。川風に由右衛門の一筋だけほつれた髪がそよぐ。

「で……店を持つに際して所帯を持つことになっているんです。お相手は主家の遠縁のお嬢さまでね。まだお目にかかったことがないんですが、大柄でふっくらして、気立ての良い、温和でおおらかなお方だそうで……」

由右衛門は猪口の酒をぐいと呑み干した。

話はそこでぷつんと途切れた。さくらも『おめでとうございます』の一言を言いそびれてしまった。

屋根船は、流れに乗って滑るように走る。両岸の雪景色を眺めているうちに、あっという間に桟橋まで戻った。

「あれまあ、ずいぶんお早いお帰りで……締めに雑炊を作るはずでしたのに……うちの自慢の味を賞味いただけず残念でございましたねえ」

女将が船の内を見て言った。

船宿の座敷に座ってしばらく待つ間に、駕籠が迎えに来た。由右衛門は箕輪まで送ると言ったが、その場で別れることにした。由右衛門は日本橋へ、さくらは箕輪の寮へと戻る。別れ際に、由右衛門から、竜次にはすべて伏せておいて欲しいと念押しされた。

「ではまた、ごきげんよう」

さくらを見送る由右衛門の顔はなぜか晴れ晴れして見えた。


翌日の夕刻、飛脚が来て、さくらに、油紙で包まれた文と荷物が届けられた。

送り主はなんと、武田伊織ではないか。

伊織は、師匠と仰ぐ、生人形師松本亀八《まつもとかめはち》とともに、興行のため諸国をまわっている。根なし草のような暮らしの伊織なので、今まで文のやりとりをしたことがなかった。

もしかして大変なことが起こったのではないか。

いやいや、きっと嬉しい便りに違いない。

誰もいない階段の裏に駆け込んで、震える手で封じ目を開けた。

端正な文字が目に飛び込んでくる。

文には、『興行で若狭国に行き、合間に『ある人』を訪ねた』と書いてあるではないか。場所も名前もぼかしてあるが、若狭の尼寺にいる先代佐川のことに違いなかった。

短い手紙には、息災でいるか、料理の道に精進しているのか……さくらを気遣う言葉とともに、人形師として研鑽を重ねているが、今は伸び悩んでいると、ちらりと本音がのぞいていた。

さくらには弱音を吐いてもよいという甘えが感じられた。

やはり幼なじみは良いものだ。心にぽっと温かな火が灯った。

手紙に添えられた包みについては、文中に『あるお方から』と記されていた。

佐川は死んだことになっている。小さな包みだけ、伊織に託したらしかった。

いったい何だろう。紐をくるくると解く。

奇妙な臭いが漂い出してくる。

はっきり言えば、臭い。

「これは……」

油紙で幾重にも包まれた中から出てきたのは、糠に覆われた魚の切り身だった。

「鯖のようだけど……」

さくらは、竜次に見てもらうことにした。

「これがわたしにと……」

夜になって、酔って戻ってきた竜次に、誰もいない台所で見せたところ、

「若狭の国辺りに伝わる郷土料理の『へしこ』や。長い冬を越すための工夫ちゅうわけやな。塩漬けにした青魚をさらに糠に漬けてあるねん」と即答した。

「彼の地の特産とすると、お土産ってことでしょうか」

なにか意味があるのだろうか。

きっと謎かけに違いない。深い意味があるのではないかと思えてきた。

「江戸では珍しいからのう。なかなかの珍味で、酒呑みには特にたまらんで」

竜次は酒を呑む仕草をしながら、舌なめずりした。

「日持ちしそうですから、ゆっくり少しずつ味わうことにしましょう」

味わいながら、答をゆっくり考えることにした。

「そのお方というたらやで……」

「えっ、何ですか？」

「そのお方に、いっぺんだけ『あぶたま』を食べさせてもろたことがあるねん」

懐かしそうに語りながら、佐川の姿を思い浮かべるように遠い目をした。

「あぶたま……ですか」

すぐにはぴんと来ず、聞き返そうとしたが……

「ほな、そろそろ寝るわ」

立ち上がって、自分の部屋へ戻ってしまった。

台所はしんと静かになった。手燭だけ残して灯りを全部消した。小さな灯が心に温かい。

「佐川さん、ありがとう。だいじにゆっくり味わいますね」

言いながら、包み直したへしこを台所の水屋簞笥の一番上の棚の奥にしまった。一番上段にある、『蠅帳《はいちょう》』という粗い網と細かい網がついた棚は、風通しが良く、虫が入らないようになっていた。

冷えた廊下を伝って、寝床にしている納戸に向かった。以前、寮で暮らしていたときに、一緒に寝起きしていたお手伝いさんは、今は嫁いでいなかった。

敷布団を敷いて、夜着をかけた。

伊織の顔が目の前に浮かんでくる。

由右衛門が言ったように、清いまま別れたことがかえって良かったと思えてきた。

どこまでも美しく夢想できる。

やはり信じる道を進むことが一番。

竜次が力也の父に料理の神髄を教わったように、さくらも竜次の教えを受けて、人を喜ばせられる料理を作れるようになりたい。

佐川さんは彼の地で元気にしていた。
伊織さまも、迷い迷いしながら、生人形の工夫に励んでいる。
それぞれ遠く離れていても、心は通い合っているのだ。
その夜は、竜次の手のことは忘れ、満ち足りた気持ちで床についた。

第三話　へしこの香り

一

「まだ痛むんですか、竜次さん。お医者さまに診てもらったほうがいいんじゃないですか」

さらしはとっくにはずしていたが、竜次の右手は思うように使えないらしかった。

「大丈夫や。痛みも腫れものうなったし、もうちょっとしたら元の通りになるて。心配せんでも『日にち薬』で、だんだん良うなってるさかい」

くったくのない笑顔で、にかっと白い歯を見せた。

「それならいいんですが、長いので心配になって……」

「ここやと、客に出す茶請けを作ることもあらへんし。料理らしい料理を作るわけやない。骨休めっちゅうこっちゃがな」

これまでの竜次なら、台所は己の『城』だと豪語して、食材の買い出しに行く以外、ずっと台所にいたものだが……古びて染みだらけの軽衫を穿いて、前掛けに襷姿の凜々しい竜次を、あの火事以後、見ていなかった。

「今からまた行ってくるわ。えらいもんや。ただの料理屋やった建物が、どんどん妓楼らしゅうなりよるんや。今日から粗壁を塗り始める、明日は庭に、見栄えのええ松の木が植えられる。どうなっていくかおもろいさかいに、ついつい見に行ってまうねん」

いかにも楽しげに語ると、今日も朝から山の宿へ出かけていった。

(竜次さんはあないに気楽なこと言うてるけど、放っておいてええんやろか。これは、ただの打ち身とちゃう。早いうちに薬を塗るとか呑むとかせなあかんのやないか)

さくらのほうが焦ってしまう。

(そうや。神酒蔵さんに来てもらお。小菊さんの話やと、怪我の治療が得意らしいし)

さっそく、毎日、寮を訪ねてくる番頭の幸助に仲介を頼んだ。幸助も気になっていたらしく、それは良い案だと、二つ返事で引き受けてくれた。

その日は晴れ間も出ていたが、夕暮れ前から雪が降り始め、しだいに風も出てきた。

(幸助さん、神酒蔵さんに頼んでくれたかな。すぐに繫ぎがとれるとは限らへんしなあ。それに……竜次さんが素直に診てもらうとも思えへんしなあ)

夕餉の片付けも終わって、一人で白湯を呑みながら、あれこれ考えていたときだった。台所の勝手口の戸ががらりと開いた。

「今日は冷えるでげすよ」

横殴りの雪が降る中を、神酒蔵がひょっこり顔を見せた。傘を差して頭巾をかぶり、寒さをしのぐための長合羽を着て、爪先に覆い――爪掛けをつけた雪下駄まで履いている。

「お代の取り立てで近くまで来たものでね。ところで、竜次さんはまだでげすか」

台所の戸口の前で、体の上に積もった雪を払いながら、中をうかがうように言った。

「え、ええ。いつも遅いんです。さ、さ。どうぞ」

「ここでけっこうでげす。お茶も要りやせん。駕籠を待たせてあるので、すぐ帰《けえ》るでげすよ」

台所の土間に入って、上がり框に腰をかけた。

「幸助さんから聞いたよ」

神酒蔵は急に太鼓持ちから医者らしい顔になって切り出した。

「竜次さんはあんなだからねえ。診てしんぜようなどと言って、ありがたく思うようなお人じゃない。よ～く分かってるから、幸助さんに上手く取り計らってもらってね。山の宿の普請場へ、皆さんのご機嫌伺いに行って、偶然、出会ったようにしたんだよ。で、幸助さんと竜次さんと、若い者二人ばかりで、近くの小料理屋まで行ってね。竜次さんの様子をじっくり診たんだよ。そこは太鼓持ちの技の見せ所ってね。女形の真似をしてしなだれかかって、手を取ったり、肩をさすったり……しまいにゃこっぴどく叱られたけどねえ」

話がまどろっこしいところが、さくらの鼓動をどんどん速くした。

「それで、どうだったんですか」

身を乗り出してせっつくさくらに、神酒蔵は、それがねえ……と沈んだ声になった。

「普通に料理をするにゃ、支障ないだろうけどねえ。今までみたいな凄腕の料理人としては……」

あの素早くかつ優雅な手さばきがもう見られない。さくらの背筋を冷たいものが駆け抜け、力が抜けそうになった。

「これ以上、治らないという意味ですか」

「まあねえ」

神酒蔵の言葉は歯切れが悪かった。さくらは、すうっと視界が狭まっていく気がした。

「それじゃ、わたしゃ、帰《けえ》るでげす」

神酒蔵は太鼓持ちの言葉遣いに戻って、すっと立ち上がった。

まだ床に座ったままのさくらを振り返ると、

「それにしても小倉屋はひどいもんでげすよ。太鼓持ちへの玉代一両まで出し渋るなんてねえ。見番を通してじゃ、らちが明きそうもない。太鼓持ちにも意地ってもんがある。この雪ん中、催促に行ったでげすよ。伏見町の小見世のくせに、かっこうをつけて太鼓持ちなんぞ呼ぶんだから、わたしゃ、ほんとに呆れっちまうよねえ」

神酒蔵は女形のような仕草で胸元を整えた。

「わたしがここに立ち寄ったこと、竜次さんには内緒ですよ」

それだけ言うと、神酒蔵はそそくさと帰っていった。

神酒蔵が戸口を閉める音に、はっと我に返ったときだった。

「聞いてもうたがな」

竜次が隣の台所の板の間に立っていた。落としていない竈の火影が、竜次の顔にちらちら躍る。

「りゅ、竜次さん……」

「雪が酷くなったさかいに、今日は早めに戻ってきて、神酒蔵の姿を見かけて、み〜んな聞いてしもたっちゅうわけや」

「あ、あの……さしでがましいことをしてしまってすみません」

「女好きな神酒蔵が、ふざけてべたべたしくさるさかいに、変や思たんや。全部、さくらの差し金やったんけ」

怒鳴り出さないところが悲しかった。

竜次は酩酊しているような足取りで、台所から出ていく。

さくらにできることは竜次を支えることしかない。

「望みを捨てたら負けです。神酒蔵さんの見立てなんて、覆してしまいましょうよ」

竜次の背中に、虚しいと分かりつつ、励ましの言葉を投げかけた。

もうなにをどうすればいいか分からない。

ごしごし。がしゅがしゅ。竹のささらで、焦げ付いてもいない鍋の底をこすり始めた。

何度も何度も、底に穴が空きそうなほど力いっぱい磨く。

「そうだ」

さくらはささらでこする手を止めた。

竜次さんに、故郷の味、渡り蟹を食べてもらおう。きっと喜んでくれる。明日の朝、すぐに……と思い立ったものの……。

吉原の廓内なら、肴市場と呼ばれる辻に市が立ち、魚茂も毎朝やってきた。だが、今、魚を買うとなると、はたと困ってしまった。天秤棒を担いで町中を売り歩く棒手振も、人家がまばらな箕輪までは来ない。

（思い立ったら吉日や。魚茂さんに頼みに行こう）

翌朝、竜次が出かけた後、しばらく出かける旨、遣手のおさよに伝えてから寮を後にした。幸い、昨日と打って変わって、今朝は雪が止んで薄日も差している。

歩きやすいよう裾をからげ、草鞋を履いて足元を固めた。

会えなければそれまで。無駄上等である。

日本堤に出て、長い土手道を大川の方角に向かった。

おさよは、魚茂からも口銭を取っていた。何度か訪ねたことがあって、住まいをよく知っているので、簡単な地図を書いてくれた。

魚茂は、ここから二十町ほどしかない、浅草今戸町の裏長屋に住んでいた。歩いて四半刻もかからないはずだったが……さくらは土地勘がないうえ、人一倍、道に迷いやすかった。

あちこち駆けずり回り、迷いに迷って一刻余りかかった末、ようやく長屋にたどりついたときには、さすがにへとへとになっていた。

長屋の入り口には床屋があり、順番を待つお客たちが床屋談義に花を咲かせている。

長屋木戸の前では、大柄な男が、綿入りの丹前をこっぽり羽織って赤子を負ぶっていた。破落戸《ごろつき》じみた男が、精一杯の笑顔で赤子をあやすさまが微笑ましい。

悪童どもが、走り回っている路地に足を踏み入れた。冬なのでどの家も腰高障子がぴたりと閉められている。洗濯物をたくさん抱えた女が、物珍しげにさくらをじろじろと見た。

行灯職人の家の隣、仕立てものの木札がかかった家が魚茂の住まいだった。魚茂と墨書された腰高障子をとんとんと軽く叩きながら声をかけた。家の中が騒がしく、何度か大声で呼んだ後、ようやく、

「誰だい」

三十過ぎの女房が、立て付けの悪い障子を開けて、ぬっと顔を見せた。足元には幼い男の子がまとわりついている。

「何の用だい」

うさんくさそうに、さくらを、上から下までじろじろ見た。

「うちの宿六に女ができるはずねえしな」

思ったことが言葉に出るらしい。

「佐野槌屋の台所で働いているさくらと言います。魚茂さんにはいつもお世話になって

おります」

「あ、ああ、佐野槌屋さんのお人かい。で、いったい何の用だい」

女房はほんの少し眉間の皺を緩めながらも、いぶかしそうに尋ねた。

「このおばちゃん誰？　見たことねえな。誰でえ。よう、よう、おっかあってばよ」

男の子がうるさく騒ぎ、女房は黙ったまま、男の子の頭にごつんとげんこつを食らわせた。いつものことらしく、男の子は口をつぐんだだけで泣きもしなかった。

「お見世の用ではなくて……盥を一杯だけなので悪いんですけど、お願いできますでしょうか。よろしくお願いいたします」

頭を下げるさくらの脇をすり抜けて、男の子が長屋路地に飛びだした。鼻水を垂らした男の子は、路地の奥、子供たちが集まって騒いでいる、井戸端に駆けていった。

「遠くへ行くんじゃないよ」

女房が男の子の背中に向けて、声を張り上げた。

今度は家の中から赤子が泣く声が聞こえてきた。

「おっかあ、乳が欲しいんだって」

女の子の声もする。子育てはなかなか大変そうだった。

「宿六が帰ったら言っとくよ」

女房は寒そうに胸元をかき寄せながら、さくらの鼻先でぴしゃりと障子を閉めた。

おかみさん、言い忘れないだろうか、などと考えながら、箕輪の寮へと戻る。今日も風が強く冷たい。日本堤を歩いているうちに雪がちらほら降ってきた。

早足になって道を急いだ。裾をからげ、早足から駆け足に変わる。

吉原の焼け跡を左に見る辺りで、四つ手駕籠を追い抜いた。駕籠かきはぎょっとした顔でさくらを見た。女に追い抜かれるなど、駕籠屋の恥だと思ったのか、駕籠屋の足も速くなる。

「ちょっと、なにを急いでるんだい。わっちは二日酔いで気分が悪いんだ。ゆっくりって言っただろ」

駕籠屋に文句を言う声は、小菊花魁だった。

「小菊さん、お帰りですか」

さくらの声に、小菊は駕籠屋の足を止めさせた。さくらも立ち止まって、上がった息を整える。

「また、さくらかい。台所の仕事があるってのに、この寒い中、どこへ行ってたんだい。寮だからって、おさんどんの仕事を手抜きしちゃいけないよ」

「ちょっと気晴らしに出かけていました。吉原の焼け跡の様子を見ようかと思って」

「ふうん。あんたも酔狂だねえ」

小菊はつまらなそうに言った。

「『お仕事』の帰りですか」

「それは皮肉かい。ま、そういうことだよ。毎日、寮でくすぶってたら干上がっちまう。それよりなにより退屈でしょうがないからね。一石二鳥ってえわけさ」

自前稼ぎなら、見世や茶屋の取り分がない。揚げ代だけで、安く遊べるから、お客は大喜びだが、格式を重んじる上質な客はとうてい望めなかった。安直に吉原の花魁と遊べることを喜ぶ手合いが相手だろう。

「頭を冷やしたいから、ここからは歩くよ」

さくらが止めるのも聞かず、小菊は駕籠かきを返してしまった。

雪の降る堤を並んで歩く。二人して手拭いを出して頭にかぶった。

「そうしてると、さくらもなかなか良い女だよ。色が白いから雪女みてえだ」

「良い女だなんて、それは嫌味ですかあ」

「手拭いで隠れて、間の抜けた面《つら》が、全然、まったく、ちらりとも見えないからさ」

「もうっ、ひどい。顔が見えなきゃ、良い女に見えるもなにもないじゃないですか」

ふざけながら歩けば、寒さがかえって心地良かった。こちらまでほろ酔い気分になってくる。

出会った頃の小菊は、意地が悪くて考えが足らず、いけすかない女だったが、さくらがおせっかいを押し売りするうちに、いつの間にか心を開いてくれるようになっていた。

「今日は『やらずぶったくり』ってね、あはは」

小菊が愉快そうに笑い声を上げた。

「何ですか、それは」

「新公が二本差しの二人組を連れてきたんだ。一人はわっちを名指しだったからわっちが敵娼を務めて、もう一人は新公が見繕ってきた素人女をあてがって、最初は二人とも上機嫌だったんだ」

「それで？」

さくらがすかさず間の手を入れる。

「揚げ代さえいただきゃ、それ相応にもてなそうてえもんなんだけどさあ。あまりに馬鹿にしたことを言いやがるから、厠に立つふりをしてふってやったのさ。なんたって、遊びのイロハも知らねえ、田舎者の浅葱裏だからねえ。刀まで抜いてのとんだ大騒ぎになっちまって、柱に傷がつくやら、障子が蹴破られるやら、船宿にゃ、えらく迷惑をかけちまった」

「ええっ。怪我はなかったんですか。ほんとにばっさりなんてことになったらどうするんですか」

「そのときはそのときさ。どのみち長く生きたって良いことなんてありゃしないんだから」

すぐに投げやりなことを言うところが、小菊らしかった。

「幼なじみの新藤さまが、小菊さんの年季明けを待ってるじゃないですか」と明るい話題を持ち出した。

「すんなりいっても、まだ六年先のこった。亘さまだってそのうち気が変わるさ。それに……亘さまはお侍だ。家名とか、色々難しいしがらみもあるから、亘さまの気持ちのままにゃいかないよ」

「小菊さんがどう思っているか分かりませんけど、新藤さまは小菊さんと一緒になるためなら武士の身分も捨てるとおっしゃったじゃないですか」

「気持ちはありがたいんだけどねえ。ほんとは……ちょっと荷が重いんだ。わっちは亘さまを亭主になんて、想像できねえんだ」

「ええっ、見世の外で何度も会うくらい、仲良さそうなのに」

「おむつをしていた頃から知ってる仲だろ。好きは好きでも家族とか兄弟みたいな気持ちしかわかねえんだ。さくらだって、惚れてもいねえ男と貧乏暮らしで苦労するなんて御免だろ？」

「あ〜、分からないでもないですねえ」

「請け出されての妾暮らしってえのが一番さね。小ぎれいな仕舞《しも》た屋でもあてがわれて、身の回りの世話をしてくれる小女を置いてもらってさ。旦那が来るときだけ上手く相手すりゃあいいんだから、安気な暮らしさ」

「それもそうですねえ」

さくらはため息交じりに答えるしかなかった。

「ところで、さきほどの話ですけど……無事におさまって良かったですね」

「滅多なことなどねえもんさ」

「一時の怒りで取り返しのつかないことになれば、相手も大変なことになりますからね。そういうときのために、妓楼に刀を持ち込ませない決まりになっているわけですけどね」

相手が女郎でも、斬ればただではすまない。表沙汰になれば、本人が切腹というだけでなく、家族や係累まで連座することになる。それだけ刀を抜くことは重いことだった。

話すうちに、あっという間に寮に着いた。

清い流れの小川にかかる橋を渡って、茅葺き屋根の載った表門の枝折り戸を開けると、建物の軒先で、肩に積もった雪を払った。

二

「さくらさん、いるかい」

夕餉が終わって片付けも済んだ頃、威勢の良い魚茂の声が響いたと思うと、

「敷石で滑ってこけそうになってよぅ。危ねえ、危ねえ」

台所の腰高障子ががらりと引き開けられた。

「見つかったんですね」

さくらは慌てて戸口に向かった。

魚茂とまともに話すのは初めてだった。見世にいた頃は、魚茂が来ても、竜次が応対し、捌き方をあれこれ細かく指図していた。

「あたぼうよ。男と見込んで頼まれりゃ、すぐに応えるってえのが江戸っ子の意気地ってえもんよ。無理言ってなじみの小料理屋から譲ってもらったんだ」

言いながら、手拭いで体に積もった雪を払うと、

「小せえのしか見つからなかったから、お代はいらねえぜ」

藁でしっかりくくった蝤蛑《がざみ》を、さくらの目の前に突き出した。黄褐色をして足が青く、水玉模様がきれいである。見た目はとげとげしいが、毛がなくゴツゴツとしていた。

「助かります。ありがとうございます」

「礼ならうちの山の神に言いな。仕事が終わって、屋台で一杯ひっかけようかってぇときに、わざわざ迎えに来やがって『今から探してやんな。なんだか必死な顔だった』なんて言いやがるからよ」

「そうだったんですか」

すげなく腰高障子を閉めたおかみさんの、にやりと笑う顔が思い浮かんだ。

「仮宅が始まりゃ、また贔屓にしてもらわなきゃならねえからよ。竜次さんにもよろしく言っといてくれよ。あの人は口が悪いし、注文がうるせえんだが、そこが腕の良い料理人らしくっていいやな。おれっちもほんとは料理人になりたかったんだけどよ。修業が厳しくて諦めちまったんだ。でよ……」

魚茂は、おかみさんと違って、おしゃべりらしかった。

「じゃあ、帰らあ。あーあ、遅くなっちまった。かかあが心配してらあ」

しゃべるだけしゃべると、日が暮れかかる道を、見送るさくらのほうを一度も振り返らず、走り去った。

竜次が帰るまでに料理しておきたい。

「さて。どうするかな」

茹でると、旨味が湯の中に流れ出しそうなので、蒸すことにした。

深い鍋の底に水を張って、笊に入れた蟹を載せ、蓋をして火にかけた。蓋と鍋の間からすぐに湯気が上がり始める。蟹がじたばた暴れている。

御免ね。

可哀想になる気持ちをぐっと押し殺した。

しばらく蒸してから蓋を開けてみると、蟹は良い色に茹であがっていた。

蟹らしいふわんとした匂いが台所に漂う。酢で食べるより、そのまま味わうほうが良さそうだった。

「早く帰ってきはらへんかなあ」

つぶやきながら、蒸し蟹を皿に載せた。

竜次のふるさとの、そして……生きがいだった、だんじり祭と縁が深い、渡り蟹の味で、竜次の心を少しでも慰めたい。祈るような気持ちになった。

竜次は、宵五ッを過ぎた頃、寮に戻ってきた。雪はすっかり降り止んでいた。

「お帰りなさい。寒かったでしょ。すぐお茶を淹れます」

「帰り道で酔いが醒めたよってに、酒や。茶碗に冷やでええ」

竜次は外で埃を払いながら言った。

竈で湯を沸かしているので、台所の内はまだ暖かかった。

「この匂いは……」

台所に足を踏み入れた途端、竜次はけげんな顔をした。

ふらつく足で、莫蓙が敷かれた板の間に座った竜次の前に、

「渡り蟹を蒸してみました」

冷や酒とともに、皿に盛った渡り蟹を載せた盆を置いた。

「なんやいな。こりゃ」

竜次の目がかっと見開かれた。

「たまには食べてもらおうと、魚茂さんに無理言って届けてもらいました」

「おんどれ、甲羅を下にせなあかんがな。鍋を見てみさらせ。美味い汁が全部底にたれて、湯が濁ってるやろが」

「ええっ」

燭台の火を近づけて、笊を引き上げ、鍋に残った湯を確かめてみた。湯は白湯ではなく、濃厚な香りがついた澄まし汁になっていた。内臓が垂れて濁りもあった。

「確かにそうです」

「はさみも足も、もげてる。縛ったまま蒸すか、活き締めしてから蒸さな、暴れて取れてまうやろが」

「た、確かに……」

「それに、この小ささはなんや。大きゅうて身がぱんぱんでないと、渡り蟹とは言えんのじゃ。いつも料理は材料が一番だいじて言うとるやないけ。どないに小細工しても、ええ材料で作った料理には勝てへんのや」

「魚茂さんが、あちこち訪ねて探してくれたんです。確かにちょっと小さいですけど」

「わいが、いつ、渡り蟹が食いたいて言うたんや。それに岸和田の渡り蟹は塩茹でと決まってるんや」

「でも……」

「それこそ、余計なおせっかいちゅうもんや。わいは岸和田の渡り蟹の味が忘れられへんのや。江戸で食べても同じ蟹っちゅうのはちゃう。岸和田のだんじり祭で食べる渡り蟹とは全然、ちゃう。わいには……もう金輪際、食えん味なんや」

竜次は渡り蟹の入った皿をひっくり返した。

「なんてことするんです。料理人が料理を粗末にしてどうするんです」

思わず声が裏返ってしまった。

「こないなもん、料理とは言わへん。犬か猫にでも食わす餌や」

「そこまで言わなくてもいいじゃないですか」

さくらも食ってかかる。

「わいのことは放っとかんかい。わいの気持ちも分からんくせに。さくら、おんどれは、何で、いらんことばっかしくさるんや。もう顔も見とないわ」

「分かりましたよ。もう金輪際、おせっかいなんてしません」

「縁を切ったる。料理の才もないくせして、教えてくれて、しつこう言いよるもんやよってに、とうとう根負けしたけんど、おんどれのこと、うっとうしいて、もとから嫌やったんや。せいせいするわ」

言うなり、竜次は立ち上がって台所を出ていった。叩きつけるように障子を閉める音が、湯気で湿った台所に響いた。

「ひどい」

せっかくの魚茂夫婦の厚意も無駄になってしまった。

さくらは散らばった蟹を皿に戻した。

「無駄にしたらあかん。まだ食べられる」

甲羅を下に向け、手で割って食べられる部分を口に入れてみた。

量も少ないし、なにより味が薄く、身がぱさぱさだった。

(こらあかんわ。食べてもらわんで良かったわ)

酢と醬油と酒を少しずつ等分に混ぜて、三杯酢を作った。

つけないと喉を通らない代物だった。

何とか食べきり、鍋に残った汁は、明日の味噌汁に、出汁として足すことにした。

蟹特有の匂いだけが、未練たらしく台所に残った。

そこまで突き放さなくてもいいのではないかと思えば、余計に腹が立ってきた。

(ほんまひとの厚意が分からん男や。わたしに当たってもしょうないやん)

洗った皿を水屋簞笥にしまっていると、一番上の隅に隠すようにして置いていた包みが目に入った。

先代佐川がくれた、あのへしこだった。

そっと手にとって、匂いをかいでみた。

好みの分かれる、特有の匂いが鼻を差した。

へしこは、一年ほど漬け込む。気長に出来上がりを待つ。何事にも気長に取り組めという意味ではないかと、思えてきた。

「あきまへんえ」

先代佐川の、はんなりした京言葉が聞こえてくる気がした。

先代佐川は、大坂の出だったが、京の公家の家の出と称して京言葉を使っていた。心を許したさくらには大坂弁で話したが、誇り高い先代佐川には、京言葉のほうがよく似合っていて、思い起こすのは、京言葉で優雅に話す姿だった。

「すみません。わたし、間違ってました」

心の内で、先代佐川に話しかけた。

思いつきで慰めようとしていた。物事を安易に考えていた。単純に頑張れなどと言えない。

料理人としてやっていけないことは、死ぬほど辛いに違いない。心配で押しつぶされそうな竜次の気持ちを思えば、己の浅はかさが恥ずかしくなった。

へしこは、まだ糠にくるまれたままだった。端をほんの少し切り取り、糠を軽く拭いて、そっと口に入れてみた。

こんな味なんだ。

初めて口にしたへしこは、優しい、だが厳しい味がした。


その晩、昆布を水に浸けておくことを忘れて寝てしまったさくらは、夜中に起き出して台所に向かった。

台所には灯の色があった。

誰かが水を呑みに来たのだろう。驚かせないようにそっと障子を開けた。

「竜次さん……」

薄暗い台所の片隅に竜次の姿があった。燭台の灯りを頼りになにかしている。

「あかん、あかん」

何度もつぶやいている。

気配を消して近づいてみると、小豆を、つるつるした丸い塗り箸を使ってつまんでいた。右の笊の小豆をつまんで左の笊に移すが、小豆は、ときおり、つるっと滑って床に落ちた。一粒でも落とすようでは、料理人として失格だろう。繊細な技を繰り出していた右手の動きにはほど遠かった。

焦っているさまがびんびんと伝わってくる。

竜次は毎晩、誰もいない台所で、右手の不具合と対峙していたのだ。優雅な手さばきを取り戻そうと、竜次は懸命になっていた。

「負けへんで。藪医者の言うことなんぞ、見返したるが」

寒い台所なのに、竜次の背中から汗が湯気のようになって立ち上っている。

こんなに頑張ってたのに、わたしは思いつきでおせっかいを焼いていた。しょせんは他人事で、善意の押し売りでしかなかったのだ。

さくらは声をかけられず、そっと障子を閉めた。


竜次はさくらを避けるようになり、まともに顔を合わすことさえなくなった。さくらが起き出して台所にいる間に黙って出かけ、夜遅く、皆が寝静まった頃に帰ってくる。

鯔背《さかやき》で小ぎれいだった竜次とはまるで別人に変貌していく。床屋に行かなくなったのか、月代も伸び放題、髪のほつれも目立った。湯も使っていないのではないかと思われた。

（こないなことは初めてや）

短気だが根に持たない質《たち》の竜次の変わりようは、悩みの深さを物語っていた。さくらに怒るというより、慰められることがうっとうしいのだ。

佐川、亡き長兵衛、小菊、お勢以ら佐野槌屋の人々、さらには塚本左門・京四郎兄弟……今まで、拙《つたな》いながらも心のこもった料理で、人の悩み、悲しみを解きほぐしてきた。

だが今度ばかりは勝手が違う。

竜次は料理人である。半人前のさくらがなにか料理して、心を癒やすことなどおこがましかったのだ。

亀裂はどんどん深まるばかりである。

今さらなにをすれば、竜次の悩みを慰められるのか。

さくらも、どんどん落ち込んでくる。


それでも同じように朝はやってくる。さくらの作った朝餉を皆が楽しみにしてくれている。振袖新造や禿たちが、黄色い声で楽しげに歓声を上げながら台所に押し寄せてくる。廊下をぱたぱたいわせて走る音が愛おしく感じられた。

「今日は何でえ」

「今日の味噌汁は大根と人参に油揚げよ」

「見世にいるときより、だいぶ具が多いや」

八百政に届けてもらっていたときより、近所の農家から直にわけてもらうほうが安くついた。具材の量もおのずと増えるというものだった。

「今朝の煮染めは『薩摩芋のなんば煮』と『三種合大根《あわせ》』ょ」

女の子たちと手わけして、皿に盛り、豆腐の味噌汁をお椀に注いだ。新造や禿が、自分の姉女郎の膳を整えて、それぞれの部屋へと運んでいく。

台所に残った女の子たちと朝餉を食べ始めた。佐川は自分の部屋ではなく、妹女郎たちと一緒に台所で食べている。

「今日の朝餉はおかずが二種もあって豪勢でぇ」

銘々が好きなことを言い合っている。

「なんば煮は、出汁を使わずに、お酒と塩だけで煮ているんだよ」

皮をむいて輪切りにした薩摩芋と、短く切った長葱――根深葱が、ほかほかと湯気を上げている。

「芋は甘ぇもんだけど、葱も煮込むと、とろりとして甘ぇよな」

「素材の味がよく分かるでしょ」

くにゅくにゅした長葱と、薩摩芋のぽくぽくしている食べ心地をゆっくりと味わった。

「わっちは昨日の夕餉のふろふき大根のほうが好きでぇ」

おるい一人が、ケチをつける。

「三種合大根のほうはどう？」

沢庵と梅酢に漬けた大根と、おろし大根で、名前通りの三種合わせだった。

「この薄切り大根は可愛い桃色をしてるな」

はつねが大根を箸でつまみながらはしゃぐ。

「どうやって作るんだ？」

佐川がさくらに尋ねた。

「それは梅酢に四半刻ほど漬けてあるんだよ。おろし大根にはおろし生姜と酒を加えてあるの。ざっとあえた上に、削った鰹節をかけて出来上がり。簡単でしょ？」

「姐さんたちが、お客のために作る料理って、あぶたまに決まってるけど、わっちは、これを作って、惣兵衛さまに食べさせようかな」

佐川が無邪気な笑顔を浮かべた。さくらに全幅の信頼を置いている笑みだった。

こういう何気ない暮らしの積み重ねがだいじなのだ。

ふっと、竜次の顔が思い浮かんだ。

「ねえ、佐川さん」

水屋戸棚に目を向けた。

へしこの香りがふんわり漂い出てくる気がした。

佐川さんならどうするだろう。心のうちで問いかけた。

そうだ。

励まそうなんて大仰に思わず、自然体でふるまえばいいんだ。肩に力が入り過ぎて、竜次には重荷に感じられたのだ。食べさせる、食べてもらう、ではなく、一緒に食べよう。

思い立ったさくらは、夜を待った。

今日も、竜次は夜遅く帰ってきた。様子をうかがっていると、またも夜中に起き出し、しんしんと冷える台所で、小豆を使っての訓練を始めた。

「こほん」

竜次を驚かさないように、小さく咳払いをして、板の間に足を踏み入れた。

気づいたのか、一心不乱で気づかないのか、竜次はそのまま同じ作業を続けている。

さくらは竜次に構わず、『あぶたま』を作り始めた。刻んだ油揚げを濃いめの醤油出汁で煮込んでから、溶き卵を流し込んで、ふわふわに仕上げる。

竜次は、黙々と、小豆と戦っている。

「一緒に食べませんか。先代の佐川さんと同じ味にはできませんけど」

盆に載せてそっと竜次の横に置いた。

竜次の手が止まった。

醬油と鰹出汁の香ばしい香りが湯気となって立ち上る。

「たったいっぺんだけやったけどな」

竜次はまるで神棚か仏壇に目を向けるように、へしこが入った棚を見上げた。あくまでさくらの方を見ようとしない。

「いつもは家に帰って寝るのに、あの晩は客の相伴して、酔いつぶれて若い者部屋で寝てしもた。夜中に喉が渇いて台所行ったときやったなあ」

棚を見詰めたまま言葉を続けた。

「佐川はんがちょうど、客のためにあぶたま作ってる最中やって、『いつもと反対に、うちが料理番のあんたに食べさせてみよか』て、冗談半分で、客の分を作るついでに作ってくれたんや」

「そうだったんですね」

あくまでさりげなく、間の手を入れた。

「ほんで、そのとき佐川が自ら作ってた客っちゅうのが、あの惣兵衛はんなわけや。花魁が、寝乱れた髪と寝間着姿のまんま、夜中に台所に立つ姿見たら、そら、客は『自分だけのために、特別に、わざわざ、花魁手ずから作ってくれる』て、ありがたがりよる。

こっちゃにしたら、時間も手間もかからんのやけど、卵が使われてるさかいに、精がつくて、鼻の下を長～う伸ばしよる」

いつの間にか竜次の饒舌ぶりが戻っていた。

「佐川はんのあぶたまはなあ。わいから見てもなかなかやった」

竜次はあぶたまに口をつけた。お腹が空いていたのか、ゆっくり味わうこともなく、つるりと食べきってしまった。まるで口直しといったふうに白湯をごくごくと呑んだ。

「料理人が味わわないで食べていいんですか」

「あほんだら。味わうほどのもんかいな」

初めて、かかかという笑い声が出た。

「さくら、早よ作ろて焦ったやろが。もうちょっと油揚げを煮込んだほうがええで」

竜次の言葉に大きくうなずきながら、さくらもあぶたまを食べる。

「卵って、値が張って、なかなか食べられないものだから、なおさら美味しい気がしますよね」

「庭におる鶏がもっと卵を産んだらええんやけどな」

言い合いながら、煮汁まできれいに呑み干して白湯を呑むと、お腹の中がほっこりと落ち着いた。

「ほなら、今度は大根の桂剝きといこか」

すっと立ち上がった竜次は、台所の土間に積み上げられていた大根を数本運んできた。桂剝きは、筒の形に切った大根を、回しながら薄い紙のようにむいていく。最後までつながったまま、しかもぴったり同じ薄さでなければならず、一番、包丁の使い方の修業になると言われていた。

竜次は器用にするするとむいていく。素人目には、難なく包丁を使っているように見えた。

「薄く綺麗に剝けていると思うんですけど」

「かかか。さくらの目は節穴やな。こないな出来で納得してたら、一人前の料理人にはなれへんで」

大根をどんどん剝いていく。一本、剝き終わると、また別の大根に取りかかる。

「負けへんで」

運んできた大根を剝き終わると、また土間に下りて数本、取ってくる。

いつの間にか、勝手口の戸障子の外が白んできた。今日は晴れそうだった。

「細切りにして、広げて天日に干せばいいですね。切り干し大根ならいくら作ってもいいし」

さくらは明るく言いながら、へしこを納めた戸棚にもう一度目を向けた。

心の内で「佐川さん、おおきに」と言いながら……。

三

竜次の身なりはまた元通りに戻った。覇気は戻っていなかったが……。

さくらは、早朝から、蕪とこんにゃくの煮染めや味噌汁を作っていた。

「お侍さま、困ります」

寮の表門から、若い者の声が響いてきた。

さくらは、庭下駄をつっかけて、声のするほうに向かった。

茅葺き屋根のある表門のところで、人影がもみ合っていた。

「小菊ば出すばい」

侍が一人、大声で騒いでいる。

見覚えのある男だった。寮の前をうろついていた薩摩藩の勤番侍である。先日、小菊にふられた侍に違いない。どうにも怒りがおさまらず、押しかけてきたのだろう。

「どなたさまですか。どのようなご用でしょうか」

「薩摩藩家中、肝付善蔵《きもつきぜんぞう》なるぞ」

馬鹿正直に名乗るところが、実直といえば実直。いかにも田舎侍である。

「小菊っちゅう女郎がおっじゃろう。小菊を出せ。揚げ代ば取って逃《に》ぐった。いや、逃げおった。盗人は許せもはん」

薩摩訛りだと通じない。江戸者に分かるよう話す侍言葉がぎこちなかった。

「小菊を出せ。出さぬか」

肝付は今にも刀を抜かんばかりである。

「おやまあ。朝っぱらからどなたかと思えば……」

寝間着に丹前を引っかけた小菊が、素足に分厚い草履を履いて、ゆるりとした足取りで登場した。

「未練たらしい浅葱裏だねえ。『女郎は好き者ぞろい。好んでこの稼業をやっておる』なんて言うから振ってやったんだよ」

「図星ばい」

小菊を目の前にして、肝付がいきり立つ。

「その髪、ばっさり切って見世に出られぬようにしてやる」

小菊につかみかかろうとする。

「髪だけかい。なんならわっちをばっさり斬っとくれ。女を斬る度胸もねえのかい」

小菊も負けていない。

「うむむ」

怒りで肝付の腕がわなわなと震える。

「馬鹿な真似はよしてください」

さくらは小菊をかばって、武士の前にたちはだかった。半身に構えたさくらを見て、

「こしゃくな。女だてらにはむかうか。こらしめてやる」

抜刀するや、斬りかかってきた。周りの者が蜘蛛の子を散らすように逃げる。

肝付は、さくら目掛けて無造作に斬り掛かった。さくらはひょいとかわした。

「こやつっ」

さらなる斬撃をついっとよける。

「なんだい、大の男が棒振りかい。あははは」

小菊がけたたましい声で笑った。

「このあま。愚弄するか」

脅しのつもりだった肝付が、すっかり本気になってしまった。さくらを襲う太刀筋が

鋭くなった。

「この、この」

肝付がしゃにむに斬り込んでくる。目は血走って尋常でない。たちまち息が上がる。肩で息をする。

巧みに、ひょいひょいとかわすさくらだったが……。

「あっ」

敷石の上を後退する際に、雪でつるりと滑ってしまった。尻餅をついたさくらに、

「覚悟せい」

肝付が振りかぶる。

庭木が邪魔になって避けきれない。

もう間に合わない。急所をかばうくらいしかできない。

その瞬間だった。

横合いから誰かが踏み込む。肝付の腕をはっしと止めた。

柄を握った肝付の右腕を払いながら、さらに踏み込む。

流れるような動きだった。

右肘で肝付の顔に肘打ちを食らわせた。同時に、よろける肝付の手から刀を奪い取る。

刀を池に放り込む。氷の割れる音と水音がほぼ同時に聞こえた。

まばたきする間の出来事だった。

見事な無刀捕り。

まさに神業！

一連の見事な流れを見せた人物は……他ならぬ竜次だった。

少し遅れて、どっとどよめきが上がった。

肝付は顔を押さえてよろける。

薩摩のお国言葉だろう。なにを言っているか聞き取れない叫びを上げながら、脱兎のごとく逃げ去った。

「竜次さん、すごい」「ざまあみろ」

周りの者たちが口々に声を上げる。

当の竜次はその場に固まっていた。

「竜次さん、ありがとう」

駆け寄ったさくらの言葉も耳に入らないらしい。

「待って、竜次さん」

竜次は魂が抜けた人のように、庭の奥へと向かっていく。広い庭の向こうは林になっていた。

「助けてくれてありがとう」

いくら声をかけても、腑抜けのように竜次はふらふらと歩き続けた。

「自分でも……なにが何や、分からへんのや」

周囲に雪が残った東屋まで来て、竜次はようやく立ち止まった。

「今まで武術の腕前を隠していたんですね。すっかり騙されていました」

「そうやあらへん。この十年余り、ほんまに、全然、剣を遣えんようになってたんや。『さくらを守らな』て思たら、とっさに動けたんや」

「そんなことってあるんですか」

「俺は……あの日から……あの日を境に、身につけた剣の技も体術もいっさい使えんようになったんや」

「あの日って？」

「それ以上、聞かんとってくれ。もう忘れてくれ」

竜次は苦しげに息を吐き、東屋の柱に手をついた。

目の下に広がる池の、凍った水面をじっと見詰めたまま、身動きもしなくなった。鼓動の音が聞こえる気がした。

松の枝に積もった雪が、さくらの前に、はらはら舞い落ちてきて、日の光にきらきらときらめいた。

さきほど目にした、竜次のみごとな身のこなしが、目の前に蘇ってきた。

踏み込んで肝付の腕をぴたりと制したのは、左手だった。

「もしかして竜次さん……本当の利き腕は、左ではないですか」

「よう分かったのう。その通りや。もともとは左利きやねん。なかなか直らんで、だいぶと苦労したのを昨日のことみたいに覚えてるわ。こまい頃から、不作法やいうて、父上に折檻されてばっかしやった」

竜次はあらためて右手と左手を交互に見た。

「もともと左利きなら、鍛錬しだいで、短い間に使えるようになるんじゃないですか」

「そんな甘いものやあらへん。ずうっと、剣も……ほんで包丁も、右手で修業してきたんや。いまさら、一から出直して修業せえて言うんかいや。そんな阿呆な。できるわけないやないけ」

竜次は、かかかと笑い飛ばした。

それから二日後、朝餉が済んで片付けも終わった頃、若い者がさくらを呼びにきた。

「白水屋の由右衛門さまがお越しだ。さくらと話したいそうだぜ」

「とにかくお客さま用の座敷にお通ししてください」

さくらはすぐにお茶とお茶請けの用意を始めた。

「またかいな。よっぽど惣兵衛はんは佐川のことが気になるんやなあ」

左手での桂剝きに余念がない竜次は、呆れたように笑った。

剣が遣えた日から、竜次は左手で包丁を使う練習を始めた。だが、やはり、短期間で使い物になるとは思えなかった。それでも、一縷の望みをかけて、せっせと桂剝きを続けている。

「惣兵衛さまのように偉いお方だと、軽々しく出かけられないですからね。子飼いの由右衛門さんに頼まれるのでしょうけど、由右衛門さんもいい迷惑ですよね」

なんとはなしに、言い訳めいた言葉が口をついて出た。

座敷に向かうと、由右衛門が、所在なさそうに火鉢の灰を火箸でつついていた。さくらが来た気配に顔を上げ、

「また来てしまいましたよ。商人はしつこいのが身上でしてねえ」

茶目っ気たっぷりに笑った。

「佐川さんは元気にしていますよ。心の内では、竜次さんの右手のことを、自分のせい

だと、気に病んでると思いますけど」

「え？　竜太郎はんの右手、まだようなってへんのかいな」

由右衛門は思わず大坂弁になった。

「え、ええ。まだ治らないので、どうすればよいかと……」

まだ会ってから日も浅いのに、由右衛門相手だと、ついつい何でも話してしまうことが不思議だった。こんな兄がいれば色々、相談に乗ってもらえたろう。

「それは心配ですねえ」

目を細めてしばらく押し黙っていたが、由右衛門は身じろぎして、さくらのほうに膝を向けた。

「ところで、このたびは、ほんとうに惣兵衛さまに頼まれてまいりましたのです」

「佐川さんをそれだけご贔屓にしていただけて、わたしも嬉しいです」

「惣兵衛さまは残念がっておいでです。仮宅となれば、格式がねえ……惣兵衛さまのようなお方は通いにくいですからねえ」

由右衛門は、五寸ばかり開いている障子の向こうに目を向けた。雪をかぶった南天がたくさんの紅い実をつけている。

「難を転ずるから『なんてん』……ってねえ」

由右衛門は目を細めた。

「南天はお好きですか？　冬で寂しくなる庭に、彩りを添えてくれてますよね」

さくらも雪の白さに映える紅い実を見た。

「そうそう。食べようと思って、これ、持ってきたんですよ」

言いながら、由右衛門は、脇に置いていた風呂敷包みを膝の前にやった。

「それは恐れ入ります。皆でよばれますね」

「いやいや。二人で食べようと持ってきただけで、少ししかないんですよ」

由右衛門は首をすくめた。

風呂敷の中には、そろばんをはじめとして、筆記用の矢立と帳面など、商いの道具が入っており、由右衛門は、その中から小さな包みをだいじそうに取り上げた。

「大坂から持ってきた、津の国屋の『粟おこし』です。江戸に着いたときに、各所に配ってしまったんですが、自分用に残しておいた分を持ってきたんですよ。大坂生まれのさくらさんと一緒に食べたら美味しいだろうと思って」

由右衛門は照れた子供のような目で笑った。

「津の国屋って、大坂じゃ有名ですね。大坂道頓堀二ツ井戸にあるんですよね。子供の頃、父がたま～に買ってくれたときは、すごく嬉しかったものです」

拍子木の形を目にして、懐かしさが込み上げてきた。

「大坂土産のお菓子といえば、やっぱりこれですよねえ。さあさあ、遠慮なくつまんでくださいよ」

由右衛門は、一枚取って口にした。粟おこしが、かりっと小気味良い音を立てた。

「粳米《うるちまい》を干し飯にして、水飴と砂糖で練ってあるんですよね。お江戸にもあるかと思ったら、干し飯のままの『田舎おこし』ばかりでがっかりしました」

さくらも粟おこしを口に入れた。さくっ、かりっとしていて、硬い。それなのに、味わいはしっとりとしていた。つぶつぶの食感が何とも言えない。

「享和、文化の頃に、津の国屋清兵衛さんというおひとが、今の形のおこしを売り出したそうでね。粟でできてないのに、粟おこしとはこはいかに……このぶつぶつ具合が粟のように見えるからとか」

由右衛門がうんちくを披露する。

「砂糖も琉球黒糖の上品を選んで、さらに出島糖を加えているとか。石のように硬いので、ほんとは『粟の岩おこし』というそうで、京坂じゃ、おこしと言えば、皆、これを真似ているとか」

好物というだけあって、なかなか詳しかった。

「江戸でどうして流行らないのか不思議ですよね」

香ばしい。甘味が優しい。しっかとした硬さ……素朴な味が子供の頃を思い起こさせた。

「ところで、竜次さんのことですけどね。その後、なにか分かりましたか」

「それが……なにか大変な出来事があって、十年もの間、剣も柔術も全然使えなくなっていたみたいなんです。でも、十年前になにがあったのか、詳しいことをどうしても聞き出せなくて……」

「ふうむ」

由右衛門は押し黙った。眉間に縦皺が寄っている。

「はやまったかなあ」

ぽつりとつぶやいた。

「え？　なにがですか」

「いやなに。こちらの話ですよ。商いのことで、急に思い出したことがありましてねえ」

由右衛門はいやに明るく打ち消した。目が泳いでいる。

「大坂に帰ったら、岸和田に出向いて、竜次さんの消息をお父上に報せるのですか」

一番気がかりな事を尋ねた。

「そこはまだ迷っているんですよ。なにせ出奔の理由が定かでないもので……」

「その当時、騒ぎになったようなことってなかったのでしょうか。武術の技を使えなくなるきっかけというと、よほどの事があったとしか思えないんですが」

「なにか大事があれば、どこからか噂が流れてきますからねえ。で、出来事といえば……竜次さんの出奔の後、妹さんの縁談が破談になったことくらいですかねえ。お父上、お母上はだいぶ落胆しておられましたが、なにぶん、そういうお話の理由までは聞きにくくてねえ。わたしは知らないんですよ」

由右衛門は目を瞬かせた。

「ところで大坂へはいつ頃戻られるのですか」

「あと十日ほどで、江戸を離れるつもりです。それまでになにか分かれば、知らせてください」

「はい、分かりました」

「前にも言いましたが、竜次さんのお父上岡部彦左衛門さまにはひとかたならぬご恩があるのです。おためになるように働きたいんですよ。お心を悩ませるようなことがわずかでもあってはならないです」

由右衛門は痩《こ》けた頰を何度も撫でた。

「そのご恩というのは商いの上でのことですか」

「それもあるんですけどね」

少し間を置いて、由右衛門は静かに語り始めた。

「お店のお金に手をつけたことがあったと言いましたでしょ。その中には、藩の奥向きからお支払いいただいた金子も含まれていましてねえ。お支払いのご予定を、店のほうから、先方さまにお伺いに上がって、そこで発覚しましてね。大騒ぎになったんです。わたしだけの問題ではなく、お店の信用に関わる一大事。慌てた惣兵衛さまは彦左衛門さまにご相談されました。彦左衛門さまは、藩主岡部美濃守さまの御信任が厚く、顔が利くお方です。彦左衛門さまに間に入っていただき、内々で収めていただいたというわけです」

「なるほど。そういうご恩があってのことだったんですね」

「彦左衛門さまは、心を入れ替えたわたしを可愛がってくださいましてね。奥向きにまた出入りできるようにしてくださっただけでなく、他にもあちこち口利きしてくださったんですよ。今日、わたしがこうしておられるのも、彦左衛門さまと惣兵衛さまのおかげなんです」

「そのとき痩せてしまって、そのままってわけですね」

「咎められるどころか励ましていただいたのだから、その後は、そりゃあもう、昼夜を分かたず、身を粉にして働きましたよ」

遠い目をして、由右衛門はしみじみと述懐した。

「だから利七さんのことも、他人事だと思えず、あんなに肩入れしたんですね」

「実は……」

由右衛門は、急にいたずらっぽい顔になった。

「わたしが女郎に騙されたって話ですけどね。ふふ、あれは嘘っぱちですよ。わたしもそこまでうぶじゃないですからねえ。ああ言うほうが利七の心に沁みる話だろうと思って吐いた嘘なんですよ」

「ええっ。じゃあどうしてだったんですか」

「わたしを騙したのは、女郎じゃなくて、近江にいる実の父だったんです。母親が大病で倒れたと言ってきたものでね。助けるためならと……ま、それは、博打で大きな借金をこしらえた親父の大嘘だったと後で分かったんですけどね。ははは。親父の涙にころりと騙されてたんだから、やはりわたしもうぶだったんですよね」

由右衛門は頭をかきながら苦笑した。

「親孝行のためだったと知って、惣兵衛さんも彦左衛門さまも助けてくださったのですね」

得意先への出入りを再び許されるよう計らってもらえた事も納得がいった。

「じゃあわたしはこれで……」

由右衛門はすっと立ち上がった。

「佐川さんに会わずに帰るのも変じゃないですか」

「おお、それはそうですね。さくらさん目当てで何度もやってきているだなんて、おかしな噂を立てられちゃ……とんだ迷惑ですからね」

由右衛門は頭をかいた。

〝いくらなんでも、とんだ迷惑だなんてそりゃ言い過ぎじゃないですか〟と言いたかったが、さくらはぐっと我慢した。

ともあれ……。

由右衛門は恩人のために働きたいと思っている。

「手助けしてやれ」と、おせっかいの虫が鳴いている。

そしてなにより……。

手の回復が望み薄である今、せめて過去の深い傷だけでも癒やせないだろうか。

そのためには、岸和田でなにがあったか聞かねばならない。やはりそこにたどりつくのだった。

四

翌日の晩、台所の片付けをした後、左手の鍛錬に余念がない竜次に話しかけた。

「あのへしこ、まだ手をつけてないんです。桂剝きはこのくらいにして、一緒に少しだけ食べましょう」

「あれはさくらがもろたんやさかい、さくら一人で食べたらええがな」

「じゃあ少しだけお裾分けってことで、どうですか」

「まあ、そないに言うんやったら、一緒に茶漬けにでもして食おか」

言いながら、竜次はへしこを肴に燗をした酒を呑み始め、さくらも、

「酔っ払っても、あとは寝るだけだし、わたしもいただきます」お酒をお相伴することにした。

「炙《あぶ》るんやったら、周りの糠は落とし過ぎんほうがええ。ほんで、さっと炙ったら美味

いんやで」

糠が焦げ付くと苦くなるので、気をつけながら炙った。たちまち、鯖と糠の香りが香ばしく立ち上ってくる。

「ご飯に載せても、鯖の脂と強い塩気で食が進みそうですね」

「和え物にちょっと入れたら、濃い塩気で締まるで」

言い合いながら、へしこをかじっては酒を呑む。

喉がほわっと温かくなって、その後、体もぽかぽかし始めた。だが、なかなか酔いが回らなかった。

「さくら、下戸やと思てたけど、意外にいける口やったやないけ」

「これからはお酒も楽しんでみたいですねえ」

へしこの最後のひと欠片を口に運びながら、竜次がしみじみと言った。

「佐川にも食わしてやろやないけ。先代から贈られたとは言えへんけど、やっぱし食わしてやらなな」

「ほんとですね。わたし気が付きませんでした」

「佐川はなあ……わいの妹にほんまによう似てるんや。佐川ほど若こない。今はもう大年増やけどな」

しみじみ語る竜次に、ここぞとばかりに水を向けた。

「どんな妹さんだったんですか」

「妹の初とは二歳違いで、赤子の頃から可愛がってたんや。初もわいによちなついて、だんじり祭にも連れて行っとった。祭りの当日だけやのうて、準備にも一緒に加わってた。なんせ、祖母上の実家が五軒家町にあって、大工の家やったもんやよってにな。だんじりにも深《ふこ》う関わっとったんや」

「お初さんって言うんですね。竜次さんに似ていればさぞ美人でしょうね」

「千歳を初めて見たときは、何で初が吉原におるんやて、びっくりしてもうたもんやで」

竜次は猪口の酒をぐいと呑み干した。

「初を不幸にしてしもた。そやからせめて、よう似てる千歳には幸せになって欲しいて思たんや。ま、初と千歳は赤の他人や。何の罪滅ぼしにもならんけどなあ」

竜次はお茶碗を持ち出して、酒をどくどく注いだ。

酔いがだいぶ回っている。

そろそろ肝心の話を聞きたい。思いながらも、聞くことが怖い気がした。

今の今まで、『心根が良い人』だと信じてきた竜次が、過去に恐ろしいことをしでかした『罪人《つみびと》』だとしたら、今までと同じ気持ちで、師と仰ぐことができるのだろうか。

吉原は男にとっても吹きだまり。

お天道様の下で大手を振って生きられない者たちが何とか生きている。

若い頃、悪さを重ねてきた俠客《きょうかく》揚がりの幸助をはじめ、何人もの人たちから聞いた。

小菊は、竜次のことを、人を斬って逃げてきた、吉原でなければお縄になる身と語っていた。どうせ小菊の勝手な想像だろうと思っていたが、当たらずといえども遠からずなのだ。

岸和田でなにがあったのか、どうしても知りたい。

知らねばならない。

由右衛門に口止めされているが、ありのまま話して、過去の真実を聞き出すほかない。

さくらはごくりと喉を潤してから、酔いを助けに、思い切って切り出した。

「実は……由右衛門さんは、岸和田にいた頃の竜次さんを知っているそうです」

「えっ、なんやて」

たちまち竜次の顔色が変わった。

「見覚えあらへんで。十年前なら由右衛門はんは小頭くらいか。白水屋は藩の奥向きに出入りしてたさかいに、父上は見知ってたやろけどなあ。わいは無役の次男坊やさかいに、お城にも上がらへんし、会うはずあらへん……で、由右衛門はんが何と……？」

「大坂に戻ってすぐ、お父上にお知らせするかどうか迷っているみたいです」

「なんやて？」

竜次の浅黒い顔が青ざめ、どんどん土気色に変わっていく。

「事情を話して、黙っていてくださいと、わたしからお願いしましょうか。道理の分かる人ですから、話せばきっと分かってくださいます」

押し黙っていた竜次が、急に開き直った口調で言った。

「はは、江戸と大坂は距離があるさかいな。追っ手なりなんなりが駆けつけるまでに、わいは行方をくらませれるっちゅうこっちゃ」

「逃げ出すなんて言わないでください。由右衛門さんに、お父上にお知らせしないよう頼みますから」

そこで、乱れかけた呼吸を整え、身じろぎして、竜次に正対した。

「わたしにだけは聞かせてください。昔は昔。今の竜次さんがわたしにとっての竜次さんです。決して嫌いになったり軽蔑したりなんかしません」

目力をこめて竜次と目線を合わせた。竜次の瞳が揺れる。

「もう思い出しとないいんやけど、この際や。さくらにだけは言うとこか」

日頃の早口とは打って変わり、床に目を向けたまま、とつとつと語り始めた。

「実はやで……」

竜次こと岡部竜太郎には、岡部采女《うねめ》という、従兄弟で同い年の親友がいた。お互い、次男坊で気楽な身。気性は正反対だったが、兄弟のように仲良く育った。

二人は、幼い頃から祖母の実家に出入りし、だんじりの虜になった。祭りの花形、だんじりの屋根に乗る『大工方』のうちでも、どちらが大屋根に乗るか、毎年のように競い合うようになった。

同じ道場に通い、腕も互角、大工方としての技も互角。だが、見栄えに大きな開きがあった。

顔や愛嬌で竜太郎がはるかに勝り、しかも采女は背が高すぎた。

大工方は小柄なほうが映えるとされ、二年間、竜太郎が大屋根に抜擢されて、采女は小屋根に乗る大工方二人のうちの一人に甘んじていた。

文政十年、ともに二十一歳の秋、八月十三日のことだった。

周到に準備を整え、岸和田の皆が、待ちに待っただんじり祭。浜方、村方、合わせて七台のだんじりが岸和田城下に繰り出した……だが、その年のだんじり祭は、二人にとって特別なものだった。

采女は、長男が病死して家督を継ぐことになり、采女にとって最後のだんじり祭となった。最後となる今年こそは大屋根で舞いたいと、懸命に精進したものの、やはり大屋根の大工方は、竜太郎が射止めてしまった。

他方、竜太郎も崖っぷちに立たされていた。父彦左衛門から「今年限りにせい。できぬなら即刻、久離の届けを出す」と、勘当寸前だったのである。さすがに勘当されて無宿人にされるのは困る。折れるしかなかった。竜太郎にとっても最後のだんじり祭となった。

祭りが終わり、しこたま酔った二人は、暗い夜道を並んで家路についた。ともに、今年限りで、だんじりとは縁が切れる。寂しさを紛らすための深酒が仇となった。

岸和田城のお堀端まで来たときだった。

「何でいつも竜太郎なんや。町内の長老連中に、べんちゃらばっかし使《つこ》てからに。同じ岡部家いうたかて、分家の分家ともなると、息子は町人同然。町人にへいこらして、武士の矜持というものがあらへんのか」

「なに言いさらすんや。わいは喧嘩っ早《ぱや》いけんど、愛嬌も人一倍なんや。かかか。おんどれみたいに、でくの坊の無愛想の、おまけに醜男っちゅうのはなにかと損やのう」

売り言葉に買い言葉。竜太郎は思ってもいない事まで口走ってしまった。

「仲がええふりして、いつも俺のことを馬鹿にして、内心で笑《わろ》てたんやな」

采女は、持っていた提灯を放り出し、わめきながら抜刀した。

「なんやと！　このあほんだら」

竜太郎も応じる。

どちらも真剣での果たし合いなど初めてである。おまけにひどく酔っていた。お互いが、なにが何だか分からぬ体で、しゃにむに剣を遣った。

気がつけば、采女が道に倒れて動かなくなっていた。

おびただしい血が地面に広がっていく。

提灯に火がついて、めらめらと燃えている。最後のきらめきとともに提灯は燃え尽き、辺りは真っ暗になった。

その後、どこをどう逃れたものか……。

竜太郎はそのまま出奔し、大坂からさらに京へ、そして江戸へと逃れた。

なぜ逃げてしまったのか。

腹を切りさえすれば、武士としての面目がたったはずだ。

あれほど仲が良かった采女を斬ってしまった。悔いばかりにさいなまれたが、いまさらどうにもならなかった。

江戸への道中で、雲助数人に言いがかりをつけられたが、なぜか体がこわばって刀を抜くことさえできなかった。身につけていた柔術も使えず、一方的に殴られ蹴られて半死半生の目にあった。

これは罰だと考えた竜次は刀を捨てた。

江戸に出た当初は自棄になっていた。上意討ちの討手が来たならそのときはそのときと、開き直っていた。

日決めで働く、日雇取の仕事などで食いつなぐうちに、偶然、力也の父で、さくらの伯父でもある、向嶋の料亭『丸忠』の主、忠右衛門に拾われた。

忠右衛門から料理の手ほどきを受け、しだいに料理の奥深さに目覚めた竜次は、美味しい料理を作って人を喜ばせることが面白くなった。がさつな性格に似合わない、持って生まれた手先の器用さでどんどん腕を上げた。

一方で……。

采女のことを思い出せば心が沈んだ。

妹をはじめ、父母や兄はどうしているか。

なにもかも忘れるために料理に打ち込み、いつの間にか十年が経っていたという。

「死んだみたいになにもできんかったんが、料理で立ち直って、生き直せたと思たんやけどな……やっぱし昔の過ちからは逃れられへんかった」

竜次は息を大きく吐き出した。

「釆女は……初の許婚やったんや」

ぽつりとつけ加えた言葉が、暗い台所を一段と暗くした。

（由右衛門さんに、どない言うたらええんやろ。由右衛門さんによると、斬り合いの一件は、何でか表沙汰になってへんようやけど、事が露見したらお咎めは免れへん。彦左衛門さまかて、竜次さんを許してはらへんはずや）

武士なら腹を切れと、迫るに違いない。

今さら波風を立てることはない。由右衛門には正直に話して、内密にしてもらおう。さくらは心に決めた。

「わいのこと、卑怯者やと軽蔑したやろ。やっぱし話さんほうが良かったわなあ」

ぷつんと話が途切れ、慣れ親しんだ台所が、急に、よそよそしい場所に感じられた。

「よく話してくださいました。ずっと胸の中に悔いを秘めたままだったんですね。苦しかったんですね」

さくらの言葉に、竜次は自分の両の手をじっと見た。

若気の至りでしかも錯乱していたとはいえ、竜次は卑怯者だった。そのとき、釆女にまだ息があったとすれば、見殺しにしたことになる……と思えば、暗澹《あんたん》たる気持ちになった。

さくらも押し黙るしかなかった。

竜次は、星空が見える、明かり取りの高窓を見上げると、独り言のようにつぶやいた。

「わいはなあ。仮宅が始まったら、それを潮に、見世を辞めよと思てるねん」

「ええっ」

さくらは手にした猪口を取り落とした。床に酒の染みが広がる。

「この一件に関わりのう決めてたんや。仮宅やと、まともな料理なんかいらへん。ただのおさんどんや。客に出すわけやあらへん。若い者やら新造、禿が食うだけの飯や。今、暇を出してる下働きを一人か二人雇い直したら、さくらでもやっていける。わいがおらんかっても困らへんがな」

「仮宅ではそうかも知れませんが、吉原に戻れば、竜次さんの差配が絶対に要るじゃないですか」

「差配じゃあかん。自分で納得できる料理ができんと意味あらへんのや」

「料理の他になにもないじゃないですか。生きがいだったんでしょ。そんなこと言わないで頑張ってください。日にちがかかっても、きっと左手で復活できます。わたし、信じてます」

「そないやったらええんやけどなあ」

つぶやいた言葉に生気は感じられなかった。

「ほな寝るわ」

竜次は、ふらふらした足取りで、部屋に戻っていった。

ここまで重い過去とは予想していなかった。

一人残された、薄暗い台所は、急に冷え冷えとして、風邪をひいたときのような悪寒がした。さくらは思わず両の二の腕をさすった。

(つまり……)

岸和田で起こったことを、心の中で整理してみた。

表沙汰にならなかったのは、采女の家のほうで内密に処理したからに違いない。采女の家も、御家の恥となって、お咎めを受けるからだろう。

しばらく患って後の病死と偽って届けられ、采女の弟なり新たに養子を迎えるなりして、家督を継がせたのではないか。

お初の縁組は、采女の『病死』で消滅したのだが、由右衛門は、破談になったと勘違いしたのだろう。

彦左衛門は、どの程度、真相を知っているのだろうか。

出奔したことに立腹して、すぐさま久離の届けを出しただろうか。

彦左衛門は竜次を今も許していないのだろうか。

すべてが不確かで、そっとしておくのが一番だと思えた。

ともかく、由右衛門を訪ねよう。

へしこの残りを丁寧に包み直すと、水屋簞笥の上部に納めた。神棚に拝むように手を合わせて、へしこに問いかける。

「佐川さん、どうしたらいいんでしょうね」

へしこ独特の香りが、わずかに漂い出てきた。最初は『臭い』が気になったが、慣れるとたまらない『香り』である。

「竜次はんを、あんじょう支えてあげとくれやす」

佐川が語りかけてくれている気がした。

慌てず、焦らず、愚直に積み重ねていけば、おのずと道は開ける。

八方ふさがりだけど、絶対になんとかしてみせる。

さくらは拳を握りしめた。

第四話　渡り蟹で蟹祭り

一

白水屋は大店である。理由もなく、由右衛門を呼び出すのは気が引けた。

やはり佐川を口実に使うしかない。

さくらは、朝餉の後、離れにある佐川の座敷に向かった。

「佐川さん。お邪魔いたします。さくらです」

声を掛けながら障子を開けた。

今日は、奥の部屋との間の襖が開いていて、衣桁にかけて広げられた先代佐川の打掛けが、目に飛び込んできた。

さくらが、佐川のへしこに勇気づけられるように、佐川は先代の『形見』を心のよりどころにしているに違いなかった。

佐川は火鉢に手をかざしながら、振袖新造や禿がすごろく遊びをしてきゃっきゃと騒ぐさまを、ぼんやり見詰めている。ここに来てからは髪の飾りも簡素になった。豪華な打掛けを羽織る機会もなく、常着で過ごしているが、座敷の奥に座した佐川の姿は光って見えた。

「さくらさんかい。また、そんな丁寧な言葉を使っちまって。普通にしゃべってくれよ。お客の前じゃねえんだからよ」

さくらの顔を見て、佐川の頬にぱっと赤みが差した。

「ついつい、先代の佐川さんに話しかけているような気になっちゃって」

「そんなに姉さまに似てきたかな？　そう言ってもらえると嬉しいよ」

無邪気な笑顔を向けた佐川の常着に、ふと目がいった。

「あ、今日の常着、袖浦ちゃんから贈られたものだよね」

「火事のとき羽織って逃げて以来、だいじに仕舞ってたんだけど、せっかくだから着ようと思って。着ると、袖浦と一緒にいるみてえで気持ちが上向くんだ」

「よく似合ってるよ」

「誰に会うってのでもねえから、もったいない気もするんだけどな」

「袖浦ちゃん、千歳ちゃんのこの姿を見たら、さぞかし喜ぶだろうね」

「一度、訪ねて行きてえんだけど、小倉屋の連中は柄が悪いからな。幸助さんが行くって言うんだ。それに……」

小倉屋で売れっ妓のままであったならまだしも、今の袖路では、かえって惨めになるだけだろう。

「それにつけても、惣兵衛さまが、こんなに佐川さんのことを気遣ってくださるなんて、ありがたいことだよね」

「わっちはほんとに幸せものだよなあ」

「それでね。考えたんだけど……佐川さんが作った料理を、惣兵衛さまにお届けするのはどうかな。きっと喜ばれると思うよ」

「そりゃあいいな。寮では、さくらさんの手伝いをしてるから、ちっとくれえの料理なら作れそうでえ」

「ほんのちょっと手伝ったくらいで、大きな顔をされても……」

「あ〜、さくらさんの意地悪」

隣で妹女郎たちが、くつくつ笑っている。

吉原で育つ女の子は、幼い頃から読み書きを教え込まれ、芸事もしっかり習うが、料理や裁縫などを教えてもらう機会はなかった。吉原を出た後、さぞ苦労するだろうと思えば哀れだった。佐川のための常着を苦労して縫い上げた袖路には、よほどの思いがあったに違いなかった。

「じゃあ、なにを作るか任せて」

台所に戻ると、根気強く、左手で桂剝きをしていた竜次に、佐川が惣兵衛のためになにか作りたいと言っていると、嘘を交えて伝えた。

「任せといてんか。他でもない佐川のためや。わいがひとっ走り買い物に行ってくるわ。さくらは地図にうといさかいな。任せてたら、日が暮れてまうで」

白い歯を見せて、いつもの明るい顔で言った。打ち明けたことで、いくらかでも気持ちが楽になっていればいいのに……と、思わずにいられなかった。

「質素な素材で、素朴だけど、ちょっと手間がかかった物がいいと思うんです」

「ほならなにを作るっちゅうんや」

「まだ漬けの浅い沢庵があるので、それで『大根こけら寿司』というのはどうでしょう」

「なるほどなあ。佐川は、呼出し昼三になったとこで、まだ稼ぎがあらへん。無理してぜいたくな材料使うより、佐川からの土産らしゅうて、ええかもしれんな」

「どうせなら、皆の分も作りましょう」

佐川と妹女郎を呼びに行くと、すぐさま大張り切りでやってきた。

「佐川のためなら、一肌でもふた肌でも脱ぐで」

竜次が、威勢良く腕まくりしておどける。

「ここはなるべく佐川さんに作ってもらいましょう。わたしたちはあくまでお手伝いで」

まずは昆布を敷いてご飯を炊いた。炊けたご飯に塩、さらに酢と酒を振る。

「風味の良いところを選んで、そうそう、皮は薄く剝いてね」

沢庵を切るのにさえ、佐川は四苦八苦した。

薄く小口切りにした大根を何度か水洗いしてから、酢と酒を振った。

「そうそう、水気はちゃんと良く切ってね」

少し冷めた酢飯の上に、沢庵を載せて、その上にまたご飯を載せ、三段重ねにした。

「重しを置いて、一刻ほど置いておけば出来上がり」

竜次もせっせと手伝ってくれる。昨日の暗い影など微塵も見せず、佐川や妹女郎たちをからかったりしている。

「落ち着いて形良く切ってね」

「そんなに力を入れたら、形が崩れてまうで」

さくらと竜次にうるさく注意されながら、佐川は、拙いなりに丁寧にこなしていった。料理をしたことがなかったお勢以に料理を教えたときは、ずいぶん苦労したが、お嬢さま育ちのお勢以と比べて、佐川は呑み込みが早い上に、言われた以上に気がつくところが頼もしい。

「精進寿司のできあがり」

大量にできあがった頃には、佐川も妹女郎たちも、疲れた様子だったが、

「こりゃあ、すぐに食いてえな」

「皆、呼んで来ようぜ」

「おるいちゃん、今日は、母《かか》さまと出かけてたっけな。後で悔しがるぞ」などと満足げである。

だが……佐川たちが作った寿司は、ひとさまに差し上げるような出来ではなかった。

(しょうない)

見栄えが良いところを選んでお重に詰めた。さくらが作った寿司ばかりになったが、幸い、佐川は気づいていない。

「ごくろうさま、さっそく届けてくるね」

お重と、由右衛門のための折を風呂敷に包んで、さっそく白水屋に向かうことにした。

貧相な身なりを見て、取り次いでもらえない恐れがあるため、大坂から持ってきた一張羅に着替えただけでなく、髪も武家ふうに結い、帯に懐剣を差した。

箕輪から日本橋まで一里半ほど。歩けば一刻足らず、走るなら半刻くらいだろうか。またも草鞋で足元を固め、着物の裾をからげた。

表の門に向かうと……。

先回りしていたらしい竜次が、にやにやしながら、駕籠屋とともに待っていた。

「佐川の用事で行くことは、佐野槌屋の名代として行くっちゅうこっちゃ。駕籠で行かんでどないするんや。ちゃんと若い者に、呼びに行かせてるわい」

「え、いいんですか」

「わいが、駕籠賃、立て替えといたる。後で、幸助はんに言うて、見世から出してもらうよってに心配せんでええで」

竜次はかかかといつもの笑い声で送り出してくれた。

「じゃあ、お言葉に甘えます」

からげていた着物の裾を直し、履物を草履に改めてから、駕籠に揺られて日本橋を目指した。

今日はからりと晴れて、日陰に雪が残っているものの、日本橋から今川橋にかけての通りはすっかり乾いていた。

　こんなにぎやかな所に来たのは初めて。

駕籠から通りに降り立ったさくらは、まるでお上りさんのように、にぎやかな通りを見渡した。

　供を連れた侍、旅装束の二人連れ、俵を馬に載せている馬子、下男に荷物を持たせて、しゃなりしゃなりと歩く、武家女の一行、門付けに回っている二人連れの虚無僧……さまざまな人が行き交っている。

　道の真ん中に、露店の茶屋があったり、立ち売りの菓子屋が店を広げたりしている。菓子屋は、横町や裏店で作った菓子を、表の通りで売っているらしかった。

（あれ、美味しそう）

　たれをつけた団子が、次々に買われていくさまを見ていると、

「どいた、どいた」

　すぐ目の前を、青竹をたくさんかついだ竹売りが、巧みに調子を取りながら通り過ぎた。

「ここが白水屋さんか……」

　さすが大店だけあって、まず広さに圧倒された。店の中に帳場がたくさん設けられ、

小頭、手代、子供と呼ばれている丁稚がひと組になって、お客の応対をしている。さまざまな色と柄の反物が広げられ、裕福そうな女たちが夢中で品定めをしている。お客は女が多かったが、店の者は男ばかりだった。

誰にどう声をかければいいのだろう。

思い切って、目の前を通り過ぎようとした手代に声をかけた。

「平山桜子と申します。大泉由右衛門どのにお取り次ぎ願えぬでしょうか」

「どのようなご用でしょうか」

反物を抱えた手代は、小女も連れずにやってきたさくらを、値踏みしているように見えた。

「平山桜子が来たと伝えれば分かります」

さくらは強気で声を張った。

「少々、お待ちを……」

気圧《けお》された手代は、奥にいる組頭に取り次ぎに向かった。

しばらく待たされた後、お客との用談に使われるらしい、裏二階の座敷へと案内された。

「よくおいでくださいましたな」

すぐに由右衛門が姿を現した。店の中で見る由右衛門は、外で見るより、数倍、いや百倍ほど立派に見えた。

「佐川花魁が自ら作った『大根こけら寿司』です。地味な料理ですが、佐川さんの気持ちがこもっています。惣兵衛さまにお届けいただけますでしょうか」

「分かりました。確かにお預かりいたします。『佐川花魁手ずから作られた』とちゃんと申し上げますからね」

神妙に応じながら、由右衛門の目はふふふと笑っている。由右衛門の指図で、すぐさまお重が奥へと運ばれていった後、

「こちらは由右衛門さんに食べていただこうと思って、持ってきました」

別に用意していた、こけら寿司の入った折を開いた。

「こりゃあ嬉しい。ではさっそくいただきますか」

運ばれてきたお茶を呑みながら、由右衛門が寿司を一貫、つまんで口に入れた。

「大坂の押し寿司みたいですなあ。ご飯に白胡麻と細かくした木の芽を入れてあるのが、何とも言えぬ味わいですなあ。あっさりしていて、お酒を呑み過ぎた後、小腹がすいたときにも合いそうですなあ」

由右衛門は目を細めながら味わう。

「沢庵の匂いが控え目なところが、上品な仕上がりでしょ」

「確かにそうですなあ。それにしても……こんな料理が作れるひとを女房にする男は幸せですなあ」

由右衛門はしみじみした口調で言った。

「佐川さんに伝えますね」

さくらは片目をつぶってみせた。

空になった折を片付けながら、竜次の過去について、どう話せばいいのだろうと思えば、どんどん動悸が激しくなってきた。

だが、なるようにしかならない。

「ところで、例の一件ですが……」

思い切って切り出したときだった。

「失礼いたします。例のご一行さまが到着されました」

障子越しに聞こえた平手代の言葉に、由右衛門は、

「おお、そうかね。じゃあ、粗相のないようにお迎えせねばね。さくらさん、悪いが今日はこれで……明日にでもこちらから出向きますよ」

気もそぞろな体で立ち上がった。手代が障子を開けて廊下で待っている。

「分かりました。ではわたしは失礼いたします」

「すまないねえ」

由右衛門はそそくさと、表二階に向かった。

せっかく意気込んできたのに肩すかしに終わった。

薄暗い店の内から通りに出ると、空は見事に晴れ渡っていて、すべてがぎらぎらとさくらの目を刺した。

二

翌朝、由右衛門が駕籠でやってきた。駕籠は二挺で、裕福な町家の女房らしき三十前後の女が一緒だった。

表向きの用事は、またも惣兵衛からの使いである。佐川の座敷に通された由右衛門は、

「惣兵衛さまはいたくお喜びでした。名高い料亭でも味わえない美味しさだとおっしゃっていましたよ。『佐川がわたしを思ってくれる気持ちが味に出ている』と、お顔をこんなふうに……」

由右衛門は、だらしなく目尻を下げて、へらへら笑う惣兵衛の顔真似をしてみせた。

「惣兵衛さまはそんな間の抜けた顔ではありいせん」

取り澄ましていた佐川がぷっと噴き出し、妹女郎たちが笑い転げる。

「いやいや、このように……」

調子に乗った由右衛門がさらにおかしな顔をしてみせた。連れの女も、声に出してけらけら笑う。

「粗茶にございます」「お呑みなんし」

はつねとつるじがお茶を淹れて、由右衛門と連れの女性の前にうやうやしく置いた。

「そのお連れさまは、由右衛門さまのお内儀でありんすか」

佐川は、呼出し昼三らしい貫禄で、丸々と肥えた女に目を向けた。

「岸和田の浪速彫り物師『華岡』源助の妻で初と言います」

初と名乗った女は、武家女のような物言いであいさつした。

ふくよかなこの女の人がお初さま？……さくらの心ノ臓が途端に早鐘を打ち始めた。

「ここでお世話になっております、料理番竜次の妹です」

お初は取り澄ました顔でつけ加えた。

「ええっ」「そうでありんすか」

佐川や妹女郎たちが驚きの声を上げた。

「実は先《せん》から文をお出しして、ぜひ江戸見物にとお誘いしていたのですよ」

由右衛門は、さくらのほうににじり寄って、小声でささやくように告げた。

「黙っていたなんてひどい。どういうことですか」

「まあ、おまかせください」

「でも、いきなりで、どうしたらいいのか」

さくらと由右衛門の逼迫したやりとりに、

「わっちは庭を歩いてくるなんし。石榴の実がなっていると、はつねから聞きいしたことを思い出したなんし。全部、手折られてしまわぬうちに、早う見に行くでありんす。由右衛門さま、ちいっと中座することをお許しなんし」

佐川は、妹女郎たちを従えて、ゆるゆると座敷を後にした。

お初は、さくらのほうに膝を向け、

「十年ぶりに会えるかと思うと、わくわくいたします。昨晩は、少しも眠れなかったのですよ」

いかにも嬉しげに言った。

「兄をうんと驚かせたいですから、わたくしのことは伏せて、呼んできていただけますか」

いたずらっぽい笑みを浮かべた。

とても恨み辛みがあるとは思えない様子に、ともかく竜次を呼んでくるしかないと、急いで台所に向かった。

「またあの由右衛門かいな。ほんまにしつこいやっちゃのぅ」

今朝も早くから、左手で桂剝きの練習に余念がない竜次が苦笑した。

「しつこいって？　用事があるから来られているのではないですか」

「鈍感なおんどれには、分からんこっちゃ」

竜次は呆れたようにつぶやいた。

「それより、由右衛門さんが、竜次さんを呼んでますよ」

「ほんまかいや。何やろ」

竜次の顔がふっと陰った。

襷と前掛けをはずし、軽衫《かるさん》も脱いだ竜次は、裾の埃を払って襟元を直しながら、離れ座敷へと向かった。さくらも後に続く。動悸がどんどん増していく。

磨きあげられて、滑りそうな渡り廊下を曲がったときだった。

「兄ちゃん」

廊下の真ん中にお初が立っていた。いや、仁王立ちしているように見えた。

「え」

竜次が絶句する。

「うちのこと、分からへんのかいな。妹の初やがな」

お初の言葉は、岸和田弁に変わっていた。

「初やて？　ほんまに初なんかいや」

「かかかか。そらもう、おばはんになってしもたさかいなあ。ぱっと見て分からへんのも無理あらへんけど、ちょっと酷いんとちゃうか」

豪快に笑うところが、確かに似ている。

「何で今まで便りもくれんかったん」

お初の言葉はあくまで明るい。

「そないいうたかて……」

「うちはあの『華岡』の源助はんと一緒になって、毎年のように子ぉ産んで、もう八人の子持ちなんやで」

「だんじりの彫刻で名高い、あの源助はんとかいや……とにかく……初が幸せになっててほんまに良かった」

竜次の言葉が涙に震える。

「竜次さんは、お初さまを不幸にしたと、ずっと気に病んでおられました」

さくらが竜次の代わりに言い添えた。

「あほちゃうか。どういうこっちゃねんな」

お初はかかかと笑い飛ばした。

「それにしても、何で江戸まで出てきたんや」

「まあ、ええやんか」

お初の目はいたずらっぽい色を宿している。

「綺麗なお庭やなあ」

お初は、廊下の端に立って、手入れの行き届いた庭を見渡した。

「お江戸の雪は岸和田の雪とはちゃうんやろか」

童女のような眼差しで、天からちらちら舞い落ちる雪を手で受けた。雪はたちまち溶けて消える。雪とたわむれるように、次々に雪のひとひらを捕まえた。

「釆女さまはなあ、ええ人やったけど……うちはこまい頃から源助はんに惚れてたさかいな。釆女さまとの縁組が、何でか破談になったときは、正直、ほっとしてん。ほんで……『源助はんと一緒になれんかったら死ぬ』て、父上脅かして、まんまと一緒になったっちゅうわけやねん」

雪の舞い落ちる中空を見ながら、世間話をするように語った。

「は、破談て……どないな意味や？」

竜次の肩先がぴくりと動く。さくらも身を乗り出した。

「ほんでな。うちとの縁談、反故にした采女さまっちゅうたら、御家を継いだあと、嫁取りしはって、お子も三人できはったんやで」

「う、采女が生きてるっちゅうんか？」

竜次の派手派手しい目が見開かれて、飛び出しそうになった。

「なに言うてんの？　ぴんぴんしてはるがな。大怪我してしばらく寝込んではったけどな。何でも、だんじり祭の夜、兄ちゃんと喧嘩して別れた後、もっぺん岸城神社まで一人でお参りに行かはって、うっかり石段を踏み外しはったそうや。呑みすぎはあかんわなあ」

「そ、そうなんですね」

狐につままれたような気分になった。思わず、念を押したくなる。

「はは、采女は生きてたんやな」

竜次は腑抜けたような声で笑った。

で」

「今でもだんじり祭のとき、五軒家町の皆に、お酒とか色々届けてくれはるんやで」

「采女は、わいのことは何とも言うてへんのか」

「あの晩、喧嘩をふっかけてしもたこと、今でも恥じてるて、しみじみ言うたはった

「そ、そないなことまで……そうか、そうやったんかい」

竜次はしゃくりあげるように笑った。

(良かった)

心にわだかまっていた黒い雲が消え去っていく。さくらは竜次の目を見て、大きくうなずいた。この場で、竜次と手を取り合って、飛び跳ねたい気分だった。

(つまりはやな……)

私闘は許されない。禁を破って私闘を行ったからには、采女も無事ではすまない。采女の家では、ひた隠しにして事なきを得た。采女も自分のせいで私闘になり、竜次が出奔したと悔いていたのだ。

「暗くて動転していたのと、派手に流れた血を見て、てっきり……と思ったんですね」

お初に聞こえぬよう小声で言いながら、竜次と顔を見合わせた。

「俺はとんだ早とちりしてたんやな。采女を介抱せんと、放って逃げたんやさかい、悪

い事してしもたには違いあらへんけどな」

「わたしと出会った頃、竜次さんは『かたくなになっている者《もん》の心を、美味いもんで解きほぐしたろ思《おも》て料理やってるんや』て言ってたでしょ。それを行いに移してきた十年は、立派な罪滅ぼしになっていたと思います」

さくらの言葉に、竜次は戸惑ったような、はにかんだような顔で、

「そやったらええな」とつぶやいた。

お初は庭下駄を履いて庭石の上に下りると、雪化粧したさざんかの花に触れながら、なにげない口調で言い足した。

「そんでな……父上も江戸に下ってきたはるねんで」

「ええっ。父上がかいや」

竜次は何とも言えない酸い顔をした。

「『竜太郎に出会うたら、その場で成敗する』て、前々から言うたはるさかいに、まだ内緒にしてるねんけどな。今は江戸屋敷に逗留してはるんや」

「会いとない。頼む。黙っといてくれや」

「けど、うちはやっぱり父上と仲良うして欲しいんや」

「無理、無理。あの親父とはいがみ合うてきたさかいに、会うたら、わいかて、なにし

てまうか分からへん」

「そうかいな。まあ、うちは兄ちゃんの元気な姿を見れて良かったさかい、それでええとしょうかいな。ほんで、母上が心配してはるから、うちから兄ちゃんのこと、内緒で伝えとくわ」

「母上も健在なんやな」

「上の兄ちゃんに三人、うちに八人。孫の世話で張り切ってるさかいに、元気なもんや。兄ちゃんのことはずっと気にかけてはるけどな」

初は濡れ縁に腰をかけた。どすんと音がした気がした。

痩せていた当時なら、多少、佐川に似ていたかもしれないが、とうてい及ばなさそうだった。竜次の身びいきが微笑ましい。

しばらく庭のほうに目を向けて押し黙っていたお初が、ふっと振り向いた。

「兄ちゃん……やっぱし、ほんまに、ほんまに、無理かいな。父上に会うだけ会うてえな」

竜次を見上げた瞳には、涙がにじんでいる。

「あないな石頭と仲直りなんかするかい」

即答する竜次に、このうえは、何としても竜次とお父上を和解させたい。さくらの中のおせっかいの虫が『ようし、頑張るで』と腕まくりする。

「竜太郎さま、お初さまと二人だけでゆっくり話をされてはどうですか。わたしは一足先にお店に戻っております。お父上と少々、商いのことでお約束もございますので。お初さまの駕籠は待たせておきますからね」

由右衛門は座敷を後にした。さくらも、表の門まで由右衛門を見送る。

「岸和田に文を出していたことを黙っていたなんて。だからこの前、『はやまったかなあ』などとおっしゃったんですね」

「竜太郎さまを見かけた翌日には、一刻も早くお知らせしようと、文を出していたものでね」

由右衛門はにこっと笑った。

「でも、事態がどう転んでも良いように、彦左衛門さまには、あくまで、商いの上でのお願いの文、お初さまにはまた別のお願いの文をお送りしたわけです」

彦左衛門には、岸和田藩江戸屋敷の重役につなぎをとって、奥向きへの出入りを許してもらいたいと頼み込んだという。旅の費用は、惣兵衛と相談して店が出すので、江戸見物を兼ねてという名目だった。

半年前に隠居して気楽な身である彦左衛門は、快く引き受けてくれたという。

「彦左衛門さまが一番、可愛がっておられるお初さまに、仲直りの手助けをしていただこうと、事情を打ち明けたところ、快く引き受けてくださったというわけです」

「そういうことでしたか」

「この先は、さくらさんにお任せします。一番近しいさくらさんに、竜次さんの本心を聞き出して欲しいんです。会わないほうが良さそうなら、お父上には内緒のままにします」

由右衛門は、さくらの瞳をのぞき込むように見詰めた。

なんだか、鼠の目みたい。

離れて見ると、汚い、わずらわしいだけの鼠だが、鼠取りにかかった鼠を近くで見れば、思いも付かぬほど可愛い目をしていて、逃がしてやりたくなる。

商人として世事に長けていても、その奥には少年のように純な心を秘めている。そんな目だった。

三

「しんとり菜（ちりめん白菜）、この切り方で大丈夫かい」

すっかり料理好きになった佐川が、慣れない手付きで手伝いをしてくれる。

「ちょっと大き過ぎよ」

「さくら、この菜っ葉、洗うのけえ」

おるいが三河島菜の束を手に大声で叫ぶ。

「それは晩に漬けるから、根っこを水につけたままにしといて。全部じゃなくて根っこをちょっとだけだよ」

「さくらさん、この包丁で切るのけえ」

「だめ、だめ。出刃包丁は危ないから、振り回しちゃだめ」

手伝おうとする女の子が多すぎて、台所は大混乱だった。幼いおるいや禿のはつねとつるじまで、一人前に混ざろうとするので、ありがた迷惑である。

「あと、どのくらいこの寮で暮らせるか分からないけど、皆に、料理の楽しさを知ってもらって、お務めの合間に自分で作ってみる子が増えればいいな」

ふっとそんな楽しい想像をしてみた。

「『船頭多くして船山に上る』っちゅうのはこのことやな」

竜次が茶々を入れる。

「それは、指図する人が多いと、とんでもない方向に行ってしまうって意味じゃないですか」

「かかか、まあええがな」

お初に会って、竜次の顔はぐっと明るくなった。だが、左手で自在に料理の技を駆使するにはほど遠かった。佐野槌屋を去る気持ちが変わらないとしても、せめてお父上と和解できれば……となおさら思えた。

「この際、お父上との仲を……」言い終えないうちに、竜次が遮った。

「親父は、できの悪いわいをずっと目の敵にしてきよった。馬が合わんのや。誰かて、どないしても合わん奴がおるやろが。無理なもんは無理なんじゃ」

「わたしには思い当たりませんねえ。誰でも、嫌なところも良いところもあるから、許せないほど嫌いになる人に出会ったことがないです。それぞれに事情ってものがあるし、それほど悪気があってのことじゃないとか……」

「ほなら、さくらを見世から追い出して、佐野槌屋を乗っ取ろうとしよった、あの喜左衛門はどないやねん」

「実の子なのに、養子だった兄の長兵衛さんばかりだいじにされたという嫉妬で、長兵衛さんの逆を行こうとしたとか、可哀想なところもあるじゃないですか。嫌いでも、その人の全てを憎むことなんてできないんです」

「あほか。お人好しにもほどがあるやろ。おんどれが鈍なだけやろが」

「だって……」

「ま、それがさくらやけんどな」

竜次はまた黙々と左手の鍛錬に戻った。今日は、季節や行事に合わせて、野菜を飾り切りして、料理に添える『むきもの』を作っている。人参でさまざまな形の物を切り出す。

八重桜、銀杏の葉、桔梗の花に菊の花、紅葉、蝶など、さまざまな形がどんどんできあがっていく。周りに集まった女の子たちが、黄色い歓声を上げているが、竜次自身は何度も首をひねっては、あかん、あかんなどとつぶやいている。

「お父上のことですけど……仲直りしなくてもいいじゃないですか。美味しい料理を食べさせて、ぎゃふんと言わせるのはどうですか。わたしが手足になって手伝いますから」

「武道も中途半端。なにもんにもなれんかったわいが、いっぱしの料理人になったところを見せつけたれっちゅうんか？」

「そうですよ。繊細な包丁さばきはできなくても、味つけは立派にできるじゃないですか」

「親父は、わいの左利きを忌み嫌うてた。いつもひどい折檻をされたもんや。あれは忘れられへん。左手でこないに料理できるんやて、見返せたらおもろいんやけどな。今はまだまだやしなあ」

「とにかくやってみましょう。わたしをこきつかってください。わたしが補います」

さくらの押しに、竜次はしばらく顎の辺りに手をやって迷っていたが、急に立ち上がった。

「献立を工夫したらええんや。やるだけやってみたろ」

にかっと白い歯を見せる。

「そうと決まったら、やっぱし、親父の好物の渡り蟹しかあらへんで」

「ええっ。大嫌いなだんじり祭のご馳走が、一番お好きなんですか。それは皮肉ですね」

「子供の頃、わいの婆ちゃん、つまり母親の実家によう行ってて、子供の頃はだんじり祭にも加わってたて、婆ちゃんから聞いてる。親父はそないなことなかったて言い張ってるし、家で渡り蟹を食べたこともあらへんけどな」

竜次は苦笑した。

「明日は夜明け前から深川まで買い付けに行ってくるわ。冬は、砂の中の深いところにもぐっとるから、獲れる数も少ないいんやけどな」

「魚茂さん、探すのに、すごく苦労したんでしょうね。今度会ったらよくお礼を言わなきゃ」

魚茂夫婦の顔を思い浮かべた。

誰かが三味線をつま弾く音が聞こえてきた。粋な小唄も聞こえてくる。歌っているのは小菊だった。あれ以来、自前稼ぎをやめて、寮で大人しく過ごしていた。ときおり新八郎がやってくるが、にべもなく追い返している。

「渡り蟹のことでは……ちょっと言い過ぎやった。すまんの」

竜次は手元を見たまま言った。

「わたしも軽く考え過ぎてました。すみません」

「ほんまのこと言うたら、嬉しかってんけどな」

竜次はまたもうつむき加減のまま、にやりと笑った。

「ところで、渡り蟹の旬っていつですか。冬は駄目ってことですか」

「メスは冬からが美味いんや。紅い内子が美味しいんやで。内子の味は濃厚で、焼いたり蒸したりと色々な味が楽しめるんや」

「この間は塩茹でするもんやって言ったくせに」

「おんどれもたいがい、しつこいのう」

竜次は得意の馬鹿笑いをした。

「秋までやったら、夜は海面の近くにおるさかい、わいらでも獲れるんやけどな。冬は、曳き網漁で、干潟とか砂地を掻く『桁網』で獲るんや。赤貝、鳥貝、蝦蛄《しゃこ》、鰈《かれい》、鯒《こち》とかと一緒に揚がるんや。死んだ途端に味が落ちよるよってに、活きがようて、口が黒ずんでのうて、甲羅が硬いものを選ばな。ええのんが網に掛かってたらええけどな」

楽しげに目を輝かせた。


翌日、早朝から深川浦へ買い付けに出かけていた竜次が、意気揚々と戻ってきた。

「お江戸で『蟹祭り』をするでえ」

由右衛門は、彦左衛門とともに、お昼過ぎに来ることになっていた。

「だいじな仕事があるので、佐川さんたちには、台所への出入禁止と言ってありますからね」

さくらと竜次が二人で台所に立つ。

きりりと襷をかける竜次の姿が目に嬉しい。輝いて見える。

　これが完全に復調しているのならどんなに良かったろう。だが、今は一歩ずつ前に進んでいくしかない。

「足も入れると、大人の掌よりもずっと大きいですね」

　見事な渡り蟹を塩茹でと、焼き蟹にした。渡り蟹の味噌汁に蟹飯も炊く。

「二品くらい、料理人らしい料理も出したろ」

　竜次は、名高い料理茶屋『万八』にいたとき、評判を取っていた『蕪蒸し』と、『揚げ湯葉と根芋の煮染め』も作った。

　蕪蒸しは小蕪をすって卵白を混ぜたものと、穴子、芝海老、百合根、椎茸、茹で銀杏を蒸した上に、三つ葉を散らしてわさびを載せる一品だった。

「いよいよ、親父と勝負のときや」

　竜次は闘志をみなぎらせて、白い歯を見せた。

　昼を過ぎて、三挺の駕籠がやってきた。さくらも出迎える。

「お待ちもうしておりました。さ、さ、どうぞ」

　地味ながら身ぎれいに着飾った、遣手のおさよが丁寧に招き入れ、寮で一番広い座敷に案内した。

　座敷の庭には大きな池が設えられ、池に突き出すように、縁が張り出している。

「どこぞの大名の下屋敷のようじゃ。名だたる妓楼の寮ともなると、なかなか豪奢なものじゃな」

なにも知らない彦左衛門は上機嫌で、物珍しげに辺りを見回した。

白髪の彦左衛門は、若い頃はたいそう美男であったろうと思われる端正な顔立ちで、中背の竜次と違って、かなり長身の偉丈夫だった。身のこなしからも、修練を積んだ遣い手であることがうかがえる。羽織袴の隙のない着こなしが、いかにも実直だが、融通が利かなそうに見えた。

ときおりお初に向ける笑顔だけは、好々爺としていて、落差が激しかった。

「花の吉原見物にご案内したかったのでございますが、なにせあの大火で……せっかくですので、真似事だけでもと存じましてね」

「駆け出しの手代であった由右衛門が、立派になりおったの。わしのほうが、このような歓待を受ける身になるとは、あの頃は思いもよらなんだ」

感慨深そうにうなずきながら、上機嫌で上座に座した。はつねとつるじが、市松人形のようにちょこちょこと、お茶を勧める姿にも、優しげに目を細める。

「わたくしがこうして奉公を続けておられますのも、ひとえに彦左衛門さまのお陰でございます」

「そなたのその後の精進ゆえであろうが」

彦左衛門は慈父のような眼差しで由右衛門を見た。

「このたびは、江戸屋敷奥向きへのお出入りのお口添え、まことにありがとうございました。あらためて御礼をば申し上げ奉ります」

由右衛門が、平身低頭して、馬鹿丁寧に挨拶した。大真面目な表情がかえってとぼけて見える。お初がぷっと噴き出し、彦左衛門は口元を緩めた。

「なんの。諸事、倹約の折から、白水屋のような真っ正直な商人に出入りを申しつけるは、質素倹約を旨とし、財政立て直しを図っておられる、美濃守さまのお心に添うことゆえ、わしとて喜んで引き受けたわけじゃ。暖簾分けされての、そなたの新たな門出に、いささかでも花を添えられて良かったと思うておる」

「ありがたきお言葉、痛み入りまする」

由右衛門がまたまた大仰に平伏した。

彦左衛門は好人物だが、武士の鏡のような堅苦しい人物ゆえ、ちゃらんぽらんな竜次とはそりが合わなかったろう。この先の竜次との一波乱を思うと、心が波打った。

「この見世には、一流の料理屋の料理人に劣らぬ、いえ、江戸一とわたくしが折り紙をつけます料理番がおります」

「ほほう、それは楽しみじゃな」

由右衛門の言葉に、彦左衛門が子供のような目で笑った。無邪気で天真爛漫なところが、竜次と似ている気がした。

「良い江戸土産になります。父上のお供ではるばる江戸まで下ってきて良かったです」

明るく笑うお初だが、どこかぎこちない。

「では、さっそく、ご用意させていただきます」

廊下でかしこまっていたさくらは台所に向かった。

「お待たせいたしました」

さくらと佐川の妹女郎たちが料理を運ぶ。

「な、なんと！　渡り蟹ではないか」

彦左衛門は目を丸くした。

「江戸ではただ蟹とも蝤蛑とも申します。江戸前の渡り蟹でございます」

さくらはすました顔で言った。

「昨日、わたくしがここに参りましたおり、岸和田の話が出たのです。江戸でも美味しい渡り蟹が獲れると聞いて、岸和田と食べ比べがしたいと、わたしが頼みました」

お初の言葉に、彦左衛門はたちまち相好を崩した。

「おお、そうか、そうか。それも一興じゃ。初はなかなか良いことを思いつくではないか」

「塩茹でと、焼き蟹をご賞味くださいませ。渡り蟹の味噌汁に蟹飯は後ほどお持ちいたします」

「そうか。蟹飯に蟹の味噌汁とはまた楽しみじゃな」

「お酒は『芋酒』でございます。寒い冬にはこれが一番かと。長芋のすり下ろしと熱燗を合わせてあります。暖を取るだけではなく、風邪も退散するとか……」

　さくらがお酒を運び、振袖新造の菊琴と笹の井が、三人の客にお酌をして回る。

「渡り蟹は久しぶりじゃ」

「そうでございましたか。わたくしもでございます」

　由右衛門が茹で蟹に手を出しながら間の手を入れる。

「渡り蟹は、何と言っても旨味が強い。足の肉は多くないがの。食べると身のなめらかさが違うのじゃ」

　彦左衛門は、甲羅をはずして、ガニと呼ばれるエラをのぞき、蟹味噌を美味しそうにすすった。

「味噌の味は濃いのに臭みがまったくないのが、よいのう」

「内子は、高級な珍味、カラスミにも負けぬ深い味わいですねえ」

お初も、目尻を下げてほうばる。

彦左衛門が、蟹を二つに割って、足の付け根にたっぷり詰まった身をしゃぶり、足の身も器用にかきだす。

「足の根元の締まった身も格別じゃ。子供の頃はもっと上手く食べることができた気がするがのう」

彦左衛門は残念そうに言った。

「焼き蟹は香ばしい香りがまた別の物を食べるようで、新たな美味しさですなあ」

由右衛門は四苦八苦しながら、ほんの欠片も食べ残すまいと懸命になっている。

「もう一生、縁がないと思うておった」

二人とも、我を忘れて、むしゃぶりつくさまが微笑ましい。

あっという間に、茹で蟹も焼き蟹も食べ尽くされてしまった。

「お待たせしんした」

佐川がゆったりとした歩みで、座敷に姿を現した。

「ほお」

彦左衛門の口から吐息が漏れた。

「さすが名妓は違うのう」

佐川は、先代の打掛けを羽織って、髪の飾りも派手やかに、初会の座敷に出るように着飾っていた。

「さ、さ、お呑みなんし」

佐川の勧めるままに、彦左衛門は盃を重ねた。しだいに顔に赤みが差す。

「蟹もよろしゅうございますが、こちらも絶品でございますなあ」

由右衛門の勧めで、彦左衛門は残る二品『蕪蒸し』と、『揚げ湯葉と根芋の煮染め』に箸をつけた。

「おお、これは……」

まず蕪蒸しを口にした彦左衛門は絶句した。

「蒸し物にかかった、葛あんの味が絶妙じゃな。味に品というものがある」

続いて、揚げ湯葉と根芋の煮染めも口にする。

「芋の煮加減といい、味加減がこれまた絶品じゃ」

後は、黙ってゆっくりと味わい始めた。食べ終わって箸を置く。

「一流の料理人というだけあって、さすがじゃのう」

彦左衛門は心から感動したように、何度も大きくうなずいた。

竜次は控えの間ですべて聞いているはずだった。きっと『勝った』と思っているだろう。すぐにも襖ががらりと開かれるかと思ったが、いまだその気配はなかった。

ならば、もう少し、二人の間を取り持つなにかを引き出したい。

ここまで、だんじり祭の『だ』の字も出ていなかったことに気づいたさくらは、

「岸和田では、だんじり祭に渡り蟹を食べるそうですね」と、水を向けた。

「そうそう。今は大きな祭りになってるけど……」

すかさず応じたお初の言葉を受けて、彦左衛門が、

「わしが八歳の頃じゃった。北町が、大津から古いだんじりを買い入れたまでは良かったのじゃが、背が高すぎてお城の門をくぐれんでの。杉の丸太で柱を造り替えて屋根を低くし、今のような形にしたのが、岸和田型のだんじりの始まりと言えようの」

懐かしげな眼差しで遠くを見るように語り始めた。

「それ以後、だんじりの数がどんどん増えての。今では、あのように盛んな祭りになったのじゃ。とはいえ、所詮は町方の下賤な祭りゆえ、わしは加わることもなく、ただ見物するだけじゃったがの」

彦左衛門の差し出す盃に、振袖新造が酒を注いだ。

「ほほ」

紅い顔をしたお初が、茶々を入れるように口をはさんだ。

「父上が、『子供心に、だんじりの綱を引く子供たちがうらやましかった、大工方になりたかった』って、おっしゃるのを、わたし、聞いたことがあります」

「な、なにを申す。そのようなことは断じてないぞ」

むきになって打ち消したが、目の奥は怒っていなかった。

このやりとりを聞いて、竜次が黙っているはずがない。控えの間との境の襖ががらりと開いた。

「お、おまえは……」

硬い顔をした竜次が立っていた。着流しに軽衫《かるさん》を穿き、前掛けをして襷をかけた、台所で立ち働いていた出で立ちのままである。彦左衛門は盃を取り落としそうになった。

「佐野槌屋の料理番竜次や」

竜次が見得を切るように言った。

「何じゃ、その小汚い恰好は！　初も由右衛門も、わしを騙くらかしおったのか」

やにわに刀の柄をつかむや、彦左衛門はすっくと立ち上がった。

驚くほど機敏な動きだった。

「親父、わいを斬るっちゅうんかいや。ほなら、すっぱり斬ってもらおか」

座敷に足を踏み入れた竜次は、座敷の真ん中に、どっかと座った。

「彦左衛門さま、落ち着いてください。竜次さんは……竜太郎さんは生まれ変わって、立派な料理人になっておられます。わたしは竜次さんから、『美味なもので、かたくなになっている人の心を解きほぐす』ことを教えてもらいました。活計のために、漫然と料理人をしているわけではありません。料理に生きがいを見出して、人を喜ばせる料理を作るために生きている人です」

「それがどうしたのじゃ。わしの申すのは、十年前の不始末のことじゃ。出奔いたすとはいかなることじゃ。家名に泥を塗りおってからに」

「勘当や勘当やて脅して、命よりだいじなだんじりに反対しくさってからに。そもそもこまい頃に、わいの左手に呪いをかけさらしたんが、間違いの元じゃ」

「左利きを右利きに直してやったことを申しておるのか？　左利きの武士などおらぬ。すべてそなたのためではないか。栄えある岡部家の名を汚すような息子に育てた覚えはない」

「なにが栄えあるじゃ。同じ岡部の名を名乗ってたかて、うちは分家も分家、枝も枝やないけ」

二人の間に散る火花が見える。

「な、なんじゃと、その言葉、捨て置けぬ」

「勘当されたからには親子やあらへん。あかの他人やないけ。えらそうにぬかすな」

「久離の届けなどしておらぬわ。今も、立派にわしの息子じゃ。家の恥は、今すぐ成敗いたす」

彦左衛門はこめかみに青筋を立てて、ますますいきり立った。

そのとき……。

佐川がすっと立ち上がった。

「二人とも落ち着くなんし」

鶴の一声で、二人は押し黙った。

「むむ」

彦左衛門は、『無礼者』とばかりに、激怒するかと思われたが……。

元の場所にすとんと腰を下ろした。刀も左ではなく、すぐに抜けない右側に置いた。

竜次も身じろぎして、ばつが悪そうにあぐらを組み直す。

佐川はなにも言わない。

広い座敷のうちはしんと静まり返った。

由右衛門の固唾を吞む音が大きく響いた。さくらも身を硬くして二人を交互に見る。

「ははは」

突然、彦左衛門の笑い声が座敷中に響いた。

「座興じゃ。座興。竜太郎を驚かせようとしたまでのこと。わしとて歳を取った。孫が十一人もおる身じゃ。いまさら不肖の息子を斬ってどうなる」

声が震えていた。彦左衛門は泣き上戸だったらしい。

「采女との一件の裏は、わしも知っておる。じゃから実を申せばの……あの夜、出奔してくれて良かったのだ。馬鹿正直なわしが組頭に有り体に届けておれば、采女の家もわしの家も今頃どうなっておったか知れぬ」

「そ、それは何の話でございますか」

刃傷沙汰など露知らぬ由右衛門は狐につままれたような顔をした。お初もあんぐりと口を開けている。

「まあ、いいではありませんか。丸く収まったのですし」

「まあ、そうですな」

さくらが耳打ちし、由右衛門が丸い目を瞬かせた。

「では、締めに蟹ご飯と参りましょう」

さくらの一声で、竜次が、手際も鮮やかに渡り蟹の身をほぐし、ご飯に混ぜてお茶碗に盛った。

　蟹飯は、半分に切った渡り蟹を、水、醬油、塩、酒で味つけした米の上に載せて炊いてあった。

「器用なものじゃ」

　彦左衛門が目を細める。

「渡り蟹から良い出汁が出るので、出汁はいらないんですよ」

言いながら、さくらが、斜め切りにした葱を載せた蟹の味噌汁を添える。

「見事じゃ。奥にも食べさせてやりたかったのう」

すべて余さず平らげた彦左衛門は、すっと立ち上がって座敷を後にする。

「左利きのことも……あれほどきつう正さんでも良かった。箸と剣を右手で遣えさえすれば、後は好きにさせれば良かった。すまぬ」

　廊下に踏み出した彦左衛門は、後ろを向いたままぽろりとつけ加えた。

　竜次はだまって座したままずっと動かなかった。

　台所に戻った竜次は、火を落としていない竈近くの床にぺたりと座った。

「疲れたでしょ」

さくらがお茶を淹れる。

「父上も歳を取ったっちゅうことかいな。なんか拍子抜けしてしもた」

「彦左衛門さまは、采女さまのお父上とはご兄弟。采女さまのお父上が、采女さまと竜次さんとの私闘のことを報せ、彦左衛門さまは竜次さんが出奔したわけも知った。両家で相談の上、采女さまは酔って転んで大怪我を負ったという体裁にしたということでしょうね。で、秘密が漏れてはならないので、お初さまにも内緒になさっていたのでしょう」

「初と采女の縁談は、なにか理由をつけて破談ということにした。お陰で、お初は惚れ合った職人と所帯を持てて幸せになっとったというわけかいな」

「そんなところでしょうね」

もつれた糸がはらりとほどけ、誰も不幸になどなっていなかったとはっきりした。

「とにかく良かったじゃないですか」

「そやな、そやな」

竜次は何度もうんうんとうなずいた。

四

「変やねん！」

台所で夕餉の支度を始めていると、竜次が頓狂な声を上げた。

「どうしたんです」

「左手の動き方がおかしいねん」

「どういう意味ですか」

どきりとしながら聞き返した。

「これ、見てみ」

竜次は大根の桂剝きの続きを始めた。

「あないに借り物みたいやった左手が、急に『我が物』になっとるんや。見えん重しがついていた左手が自在に軽う動くちゅう感じや」

「そういえば、蟹ご飯を出すとき、左手で蟹の身をほぐしてましたよね。あのときも達者に動いていたような……」

「そやったかいな」

竜次、本人も首をかしげた。

大根が手品のように薄く長く剝かれていく。しかもとんでもない速さだった。どんどんできる。美しい動きだった。

「夢とちゃうやろな。こないなったら、寮にある大根、全部、桂剝きしたる」

もう一本の大根に取りかかる。さらにもう一本。寸分の狂いもなく、薄く剝けていく。竜次の指さばきに、さくらは惚れ惚れする。

「もしかして……左手を使うとひどく折檻された、子供の頃の恐怖が、ずっと心の奥に棲んでいたんじゃないですか。お父上と仲直りできた上に、お父上の口から謝られたことで、黒い雲がどんどん晴れていったんですよ」

「これはいけるかも知れん。わいはこれから左手使いの料理人になるで。包丁かて、日本橋室町の木屋に頼んで、左手用に作らせたろ」

言いながら、竜次は次の大根に取りかかる。

「切り干し大根、売れるほどできますね」

さくらは、台所の土間に積まれていた大根を、せっせと運んでくる。

「もう見世を辞めるなんて言わなくてすみますね。これからもわたしに料理を教えてください」

さくらは、包丁を持つ竜次の左手に手を触れた。竜次が手を止めて固まる。

初めてさくらのほうから触れた、竜次の手は温かかった。

「包丁持ってるのに急に握るて、危ないがな」

ふりほどくようにして、竜次はまた桂剝きの続きを始めた。

「確か、彦左衛門さまは、十四日の早朝に、江戸を発たれるとか。お二人のお弁当と、大坂におられる母上にお土産を作るのはどうですか」

「おお、ええこと言うのう」

にかっと白い歯を見せながら、意地になったようにまだまだ桂剝きを続ける。

「なににしますかねえ。そうだ。へしこを使った料理はどうでしょうか。わたし、佐川さんからもらった、あのへしこに、いつも励まされてきたんですよね」

「なるほど。へしこでなにか作ったるかのう」

竜次は、ようやく桂剝きをする手を止めて、きれいに剃り上げられた顎の辺りをつるりとなでた。

明くる日、竜次は朝から買い物に出かけ、戻ってから『へしこ寿司』と『白雪糕《はくせっこう》』を作った。

へしこ寿司は、酢飯の真ん中に、炙って骨や皮を除いたへしこを入れて、寿司巻き昆布（とろろ昆布）で巻いた巻き寿司だった。

「これで、佐川さんに、先代からの心尽くしのへしこを食べてもらえますね」

多めに作って、佐川にも食べさせた。

「こんなの初めて食ったよ。不思議で優しい味でぇ」

先代から贈られたへしこだとは夢にも思わぬまま、佐川は舌鼓を打ちながら賞味した。

白雪糕は、米粉を砂糖蜜でこね、木枠に入れて蒸した干菓子だった。

「砂糖は砂糖でも、探しまわって手に入れたええ砂糖を使うてるんや」

竜次が自慢するだけあって、落雁のような干菓子を口に入れると、舌の上で淡雪のように溶けた。


翌日になった。

夜明け前でまだ暗いが、日本橋は、旅立つ人、見送る人でにぎわっていた。品川までぞろぞろ見送りの人々を引き連れていく、お伊勢参りの者たちの姿も見える。

竜次は来なかった。

さくらは、竜次から託された、三人分の弁当と、竜次の母へのお土産をお初に手渡した。

「確かにちょうだいいたします」

旅姿のお初が武家女らしく、品良く微笑みながら、たおやかに腰を折った。

「世話をかけたの」

彦左衛門も相好を崩した。

『竜太郎は？』と聞きたかったのだろうが、触れないところが、いかにも親子だった。

「さくらさんには、色々、お世話になりましたねえ。ところで……」

由右衛門が内緒事のように、さくらの耳元に顔を寄せてきた。

「さくらさんのことを『艶っぽい』なんて言ったことがありましたよね。あれね……吉原なだけに、艶っぽいと言えば、さくらさんが喜ぶと思ったんですよ。申し訳なかったです。全然、艶っぽいなんて、欠片もないのにねえ」

気の抜けたような言いぶりが憎らしい。

「そんなことどうして蒸し返すのですか。言われなくてもよく分かってます」

忘れていたことを思い出させられて、さくらは気色ばんだ。ついでに、さくらとの間柄を疑われては迷惑だと言われたことまで思い出してしまった。

まだなにか言おうとする由右衛門を、白水屋の見送りの者たちが取り囲んで、別れのあいさつをし始めた。優しく微笑む惣兵衛の姿も見える。

「ではごきげんよう」

お初が元気よくあいさつする。それを潮に、彦左衛門が歩き出す。由右衛門も慌てて後を追う。

「お元気で」

さくらも明るく手を振る。

「世話になった」

「さくらさん、どうか兄上をよろしく」

「ありがとう、さくらさん」

何度も振り返る一行に、さくらは、姿が見えなくなるまで手を振り続けた。

(さてそろそろ夜も明けてきたし、箕輪に帰ろうかな)

手にした提灯の灯を消したときだった。

橋のたもとから、竜次がひょいと姿を見せた。

「なんだ。見送りに来てたんですか」

竜次と二人して日本橋を渡る。荷を積んだ船も雪をかぶって白い。日本橋川の北岸、江戸橋までが魚河岸と呼ばれ、威勢の良い掛け声が響いてくる。天秤棒をかついだ魚屋がばたばたと通り過ぎる。

橋を渡りきって、白みがかった江戸の町を歩き始めた。

「仲直りしたんだし、顔を見せれば良かったのに」

「そやかて、せっかくの別れに邪魔や思たんでな」

「え？」

「由右衛門のこっちゃがな。さくらも鈍いのお。今、思たら……あいつが小菊に手ぇも触れんかったんは、おんどれに一目惚れしよったからやったんやな」

「わたしなんかを好きになるはずないじゃないですか。由右衛門さんはのれん分けと同時に、白水屋のご主人の肝いりで、嫁取りをされるんですよ」

「そら、知らんかった。あいつ、そやのに、さくらを誘うたんかいや。ど厚かましいやっちゃ」

竜次が呆れたように苦笑した。

「雪見船のことですか。でも、そんな素振りなんて少しも……」

「おんどれがあまりの堅物やよってに、くどこうにもくどけんかったんやろな」

「そんな……でもそういえば、わたし、伊織さまとのことを得々と語っちゃってました」

思い出すと、自分の鈍感さ、馬鹿さに、頬がかっと熱くなった。

「ま、由右衛門も、ふられて良かったわけや。嫁取りの話を蹴ったら、のれん分けかて反故になってたやろしな」

「今まで奉公を続けてきた苦労が、すべて水の泡になるところだったってわけですか」

「あいつは惚れる相手を間違うた。で、さくらの持ち前の鈍感さが、道に迷いそうになったお店者を救うたっちゅうこっちゃな」

竜次は愉快そうにかかかと笑った。


「いよいよおるいちゃんも、大人のように帯を結ぶようになるんだね」

十一月十五日、おるいの帯解《おびとき》の日を迎えた。

産土神《うぶすながみ》に詣で、親戚の家を廻り、その夜は親戚から知り合いまで迎えて、寮の大広間で宴を開く。

おるいにとって大きな節目となる行事なので、なかなかの散財となる。

住み込みの若いお針が、おるいが着る振袖と打掛けを仕上げたのは、今朝だった。徹夜したらしいお針の顔は、疲れもなく誇らしげである。

「おるい、よく似合ってるよ」

お針に着付けしてもらうおるいを見ながら、女将のお勢以が涙を浮かべている。

今朝は朝から晴れ渡って、積もった雪がきらきら輝いている。

『七歳までは神のうち』と言われるほど、幼いうちに病で命を落とす子供が多かった。七歳まで無事に生きてきた感慨は大きいだろう。

女髪結いが、丁寧に髪を結って、武家や裕福な家の女が外出する際にかぶる、真っ白な揚帽子をかぶせた。

顔に白粉まで塗られたおるいは、もともとの色白がさらに真っ白で、本人には気の毒だが、つい噴き出しそうになる。

七歳の帯解を済ませると、女の子は『娘』の扱いになる。寺子屋に通い始めたり、琴や三味線や踊り、生け花などの芸事を始める。

「竜次さん、準備はできましたか」

「新しゅうてえらい上物の小袖やさかいに、なんや着心地が悪いで」

「また、そんなことを言って。すごく立派な、どこぞの若旦那に見えますよ」

「ほんまかいや」

「黙ってたらですけどね」

「おまはん、いっぺんどついたろか」

竜次はいつのまにか、さくらを『おんどれ』呼ばわりから『おまはん』へと格上げしていた。

「ああ、間に合った」

座敷の前庭に、ばたばた駆け込んできたのは、あの袖路だった。

「もう袖路じゃなくて、袖浦と呼んでも構わねえぜ」

袖浦の後から、懐手をした番頭の幸助がのっそりと現れた。

「……ってことは、袖浦ちゃんは佐野槌屋に戻ってきたんですね」

「値をつり上げてきやがって大変だったんだが、とうとう小倉屋も折れやがって、何とか落としどころが見つかったんだ。ほれこの通り」

幸助は証文をひらひらさせた。

「小倉屋は近々廃業するんだよ。だから買いたたかないとね。うちだってお金がいくらあっても足りないこの時節だからねえ。ぎりぎりまで粘ってたんだよ」

おるいの晴れ姿に目を細めていたお勢以が口をはさんだ。

「良かった。おめでとう」

「袖浦！」

さくらと佐川が袖浦に駆け寄った。少し離れたところで、小菊が、姉女郎らしく、貫禄の笑みを浮かべている。

「ほら、今日もおめえが縫ってくれた常着を着てるんでえ。おめえが戻るまで願掛けのつもりで毎日一度は、必ず袖を通してたんだ」

佐川が常着の袖を広げて見せた。水草の間を泳ぐ金魚の裾模様は、日の光を浴びてさらに鮮やかだった。

「そこまでしてくれてたのけえ。素人のわっちが縫った、不出来な代物なのによ」

袖浦の目尻に涙の玉が光る。

佐川と袖浦が抱き合う。

「さあ、さあ。お宮に繰り出すぜ」

幸助が声をかけ、竜次がおるいを肩車した。

「わあ、ほんとのお父さんみたい」

「良い男」

周りの者たちが褒めそやす。雪が積もった石畳は、大勢の女たちで踏みしめられて、雪が消えていた。

ほんとうに今日はめでたい日だ。

寮を出て、待たせていた駕籠に乗り込んだ。駕籠を何挺も連ねて、吉原裏にある鷲《おおとり》大明神――『田圃のお酉さま』とも呼ばれる鷲神社へと向かう。

箕輪から一里ほどの距離で、ゆっくり歩いても半刻だった。竜次ら男たちは徒歩で向かう。足駄を履いたさくらも、竜次と並んで歩く。

「ふだんは参る人も少ないんやけんど、酉の日やと、ぎょうさん店が出て、えらい人出や」

「酉の市で、商売繁盛を願う人が大勢、やってくるんですね」

「吉原からも、田圃の中の道に長い行列ができてるのが見えたもんやがな」

「うちの見世、今年も行ったんでしょうね」

「まだできあがってへん仮宅に、長さが一丈もある大熊手が飾ってあるで」

浮き浮きした気持ちで歩くうちに、田圃の中にぽっかり浮島のように建っている、鷲大明神の社が近くなった。

朱塗りの大鳥居の手前で駕籠が止まった。

子供が三歳になると男女とも『髪置』、五歳で男の子は『袴着』、七歳で女の子が『帯解』の祝いをする。髪置は、赤子のとき以来、頭の毛を剃られていた幼児が、髪を伸ばし始める祝いで、袴着は、男の子が初めて袴を穿く祝い、帯解は、女の子が、子供の着物についている付け紐を取って、帯を締め始める祝いだった。

氏神さまに大勢で詣でるので、たいそうな人出になる。

さほど広くない境内は、大勢の人でにぎわっていた。氏子が多い、神田明神や深川富岡八幡宮、芝神明宮や日吉山王大権現なら、どれだけの家族連れが訪れていることだろう。

竜次がおるいを、だいじそうに抱きかかえて、駕籠からおろした。おるいは、腰上げがない、長いままの着物を着ているので、美麗な着物の裾が地面に触れぬよう気を配らねばならない。竜次は、若い者頭の伝吉に手伝ってもらって、慎重な動作で、おるいを肩に乗せた。

おるいの市松人形のような美しさに、行く先々の人々の目が集まる。

思わず漏れる感嘆の声が、誇らしく感じられた。お勢以も同じ気持ちだろう。さくらと目を合わせて、嬉しげにうなずいた。

髪置、袴着、帯解、それぞれの付き添いの親たちが、晴れ着の豪華さ、美しさを競い合っていた。お勢以もちらちら廻りを見回して、見比べている。

「ずっと昔は、男女とも、三歳、五歳、七歳で祝ったらしいね」

お勢以はおるいに目が釘付けながら、はずんだ声で話しかける。

「大坂でも盛んですよ。父から聞いた話では、もともとは武家が盛んで、細かな作法もあったそうですが、だんだんすたれて、近頃では、裕福な町家が派手派手しく祝うようになったそうです。もちろんつつましい家はそれなりにですが、でも、精一杯、祝うようですね。親心ってありがたいものです」

言いながら、同じ七歳でも、誰が祝ってくれるでもない、はつねとつるじの顔が思い浮かんだ。

竜次がいつか、『自分になにができるというわけではないが、自分の立ち位置でできるだけのことをするしかない』と言っていたことを思い出した。親代わりにはなれないが、できるだけ美味しい料理を作ってあげようと、改めて心に誓った。

五

無事、おるいの帯解の祝いも終わり、翌日の朝を迎えた。

「もう起きていたんですか。わたし、ちょっと寝坊しちゃって……」

帯解の後の宴席の料理は、竜次とさくら、そして女の子たちで作った。

「昨日は忙しかったからのう」

「大人数の宴席に出す料理なんて初めてですから、おたおたしちゃいました」

「よう言うわ。わいの手伝いしてただけやないかい」

豪快に笑う竜次の歯の白さがまぶしい。

襷をかけ、前垂れをするさくらに、竜次が内緒話のように話しかけてきた。

「さくらは前に、天ぷらの屋台のこと言うてたやろ。今日、一緒に行ってみよか」

「ええっ。ほんとですか」

「おるいを連れてったろや。両国広小路はまだ行ったことないはずやから、そら喜ぶで。お勢以はんには、帯解の祝いに連れて行くて言うてあるねん」

「ええっ。もう話がついているんですか。でも、皆の昼餉はどうするんですか」

「朝餉の用意のときに、昼と晩の分の煮染めも作っといたら済むこっちゃ」

「味噌汁はどうするんですか？」

「朝餉の味噌汁をぎょうさん作って、もっぺん温めなおさせたらええがな」

相談しているところに……

「わっちを忘れたら困るなあ」

妹女郎たちを従えてやってきた佐川が口をはさんだ。

「ほんとだ。佐川さんがいたんだよね」

料理に目覚めた佐川は、いつの間にやら、簡単な料理をこなせるようになっていた。

「じゃあ、皆で頑張って夕餉の分も作りましょう」

皆で前掛けをして襷をかける。

「さくら」

おるいがやってきた。今までの幼児らしい付け紐姿ではなく、大人のように帯を結んでいる姿がまぶしい。

「約束を違えやがって。承知しねえぞ」

さくらの前で仁王立ちになってにらんできた。

「えっ、何の約束だっけ」

「とぼけやがってよ。帯解の祝いに、おれっちのために菓子を作ってやると言ってただろ。ずっと待ってたら、一日、過ぎちまったじゃねえか」

「あ〜、御免。この通り」

さくらは台所の床に手をついて、米つき飛蝗《ばった》のように何度もお辞儀をした。

「代わりに、一度じゃなくてこれから毎日作るんだぞ」

「あ〜、お嬢さま、それは……考えておきます」

「今から作って、広小路に行くときに食べながら行ったらどないや」

竜次が左手で包丁を使いながら口をはさんだ。

「それはいいですね。じゃあ、煮染めと味噌汁の用意は竜次さんと……佐川さんにお願いします」

さくらはさっそく『かるめいら』を作り始めた。

少女の頃、武田伊織のために作ったことがあった南蛮菓子だった。

氷砂糖に卵の白身と水を加えて煮詰める。少し冷ましてからすり混ぜ、泡立たせて固める。軽石のようなので『浮石糖』とも呼ばれていた。

どうせ作るなら、大量に作って、振袖新造や禿たちにも配ることにした。

もうすぐ仮宅が整う。お上のお許しももうすぐだろう。

「ついでに山の宿に寄って、仮宅の出来具合でも見に行こか」

「そうですね。台所がどんな風なのか知りたいです」

「抜かりはあらへんで。狭いけど、使い勝手がええように、わいが注文をつけまくったさかいな」

「寮の台所を留守にしている間に、そんなことをしていたんですね」

「当たり前やがな。ものすごちっこうても、わいの城やんけ。ま、その城に入城せんままになりそうやったけどな」

「ほんとになにもかも上手くいって良かったです」

「佐川も今からあの貫禄やったら、仮宅でも大丈夫やろかい」

「きっと、呼出し昼三の品位を保っていくでしょうね」

小菊もきっと大丈夫。

袖浦も戻った。

（仮宅やと色々大変やろけど、皆のためにおせっかいを焼いていこ）

さくらは、天窓からのぞく青空を見上げた。


朝餉を終えてから、佐川たちに昼餉のことを託し、竜次、おるいとともに寮を後にした。

「福助さんの屋台に、行こう行こうと思ってもう十月《とつき》も経ってしまいました」

せっかくだから、てんぷらを揚げる手伝いをさせてもらいたい。お客さんの笑顔を見ながらの商いの味が忘れられないさくらは、愛用の前掛けと襷を胸元にそっとしまい込んだ。

「十月《とつき》いうたら、赤子がもう一人生まれてるかもしれんで」

「まさかそれはないとは思いますけど」

おるいは、竜次の肩に乗せてもらっていくと言い張ったが、さすがの竜次も『それは堪忍や』と断った。

おるいのために駕籠を頼んだが、一人では乗らないと言われ、さくらはおるいを膝の上に載せて乗ることになった。たまにはさくらに甘えたいのだろう。

途中で我慢できなくなったおるいにせがまれ、かるめいらをひとつ手渡した。

「新しい着物に粉がかからないようにね」

「分かってら」

言いながら、小さな口で噛めば、ぱらぱらと細かい粉が落ちる。そのたびに、さくらが慌てて払った。

箕輪から両国広小路まで一里余ほど、半刻余りの道程だった。

歩く方がよほど楽なんだけど……。いくら子供でも、それなりに重い。

腰が痛くなってきた頃、ようやく両国広小路に到着した。

「うおう、祭りみてえだ」

人の賑わいに、おるいが歓声を上げる。

目の前には、十カ月前、江戸に出てきた際に目にした懐かしい光景が広がっていた。

見世物小屋、茶屋や屋台があの日と同じように立ち並び、寒さをものともせず、大勢の人たちが行き交っている。

「そうそう、お江戸に出てきたときは、どの屋台のなにを食べようかって迷いながら歩いたんですよね」

わくわくした思い出が蘇った。

「そこそこ、その先です」

福助が出している、天ぷらの屋台は、相変わらずの繁盛ぶりだった。どんどん揚げて、お客にどんどん渡すが、列は途切れない。香ばしい匂いがたまらない。

「おっ、美味そうでえ」

おるいが駆け寄るが、人の壁にはばまれて見えない。竜次がひょいと肩に担ぎ上げた。

「おれっちにもくれ」

おるいが叫ぶが、「順番だよ」と、並んでいた老人に叱られて首をすくめた。

二人は大人しく並ぶ。

「福助さん、来ました」

さくらだけ屋台の横側に回って声をかけた。

「おう、久しぶりでえ。え〜っと、と、年明け以来だな」

焦った口調で福助が応じた。

「そ、そうなりますね」とさくらも話を合わせた。

「この前はありがとね」

お清が手を休めずに、にっこりと笑った。

相変わらず、小柄な体が大柄な福助の陰に隠れている。

以前は、福助が屋台を手伝い始めて間もなかったので、福助が衣をつけて、お清が揚げていた。今では福助がだいじな揚げ役を、手際よくこなしている。

福助は丸々とした赤子を背負っていた。

「可愛い赤ちゃん。福助さん似ですね」

「女の子だってえのに、顔立ちだけでなくって、図体がでかいとこまで宿六に似ちまってね」

お清がおかしそうに口をはさんだ。だが、どうも様子がおかしい。

「今日はうちの見世の料理番をしている竜次さんと一緒に来たんですよ」

「お、おう」

福助もなぜか落ち着かない様子で生返事をした。

「どうしたんですか」

「それがよ……もうそろそろなんでえ」

「なにがですか」

「今日にも生まれるかって、取り上げ婆ぁが言ってたんだけどよ。お清は働きもんなもんで、ぎりぎりまで屋台に出るって言い張るもんで、ずっとひやひやしてんだ」

「ええっ。そ、そうなんですか」

竜次の冗談がほんとうになった。

「おめでとうございます」

嬉しくなった。またもさくらの出番が来た。

ほんの少し手伝わせてもらうつもりだったが、腕試しができる。

江戸に出てきたときより、今はどう変わっているだろう。わくわくしてきた。

「あ、あんた。やっぱり家に戻るよ」

「分かったたい。無理はよくねえからな」

お清が一人で長屋へ戻ろうとする。

「近いからって、一人で帰しちゃだめですよ。二人目だから、急に生まれるってこともありますよ」

「そ、そうだな。念のためってことがあらあ。今日は屋台を畳んで一緒に帰ることにすらあ」

「ちょっと待った。この前みたいに、わたしがいるじゃないですか。後は引き受けますから大丈夫ですよ。売り切るまで頑張りますから、慌てて戻ってこなくていいですよ。ゆっくり看てあげてください」

「……と言ったってなあ」

「またここで天ぷらを揚げてみたいってずっと思ってたんですよ」

「そ、そうかい。すまねえなあ」

言いながら、福助はお清を軽々と抱き上げて長屋に戻っていった。

「ようし」

いつもの前掛けをきりりとしめた。茶色地に縞の前掛けは、さくらが十五歳になったとき、亡き父平山忠一郎から譲り受けたものだった。

「なかなかおもろそうやないけ。わいが揚げたる」

この前は一人だったが、今日は二人。さくらがタネを手渡し、竜次が、箸さばきも鮮やかに、からりと揚げる。なにげない動きにも華があった。見惚れてしまう。一挙手一投足も見逃すまいと目をこらした。

まるで、餅つきをするような心持ちになる。楽しさは倍になる。おるいも加わって、

「はい、ちゃんと並んでくださいよ。そこのお武家さま、そちらのご婦人が先ですよ」

一人前の物言いで、お客をさばき、お代を受け取る。

「おお、疲れてしかたねえや。ちょいと休むぜ」

すぐに音を上げたおるいに、

「はい、さっきまでのお駄賃」

揚げたての鯵の天ぷらを串に刺して手渡した。

「あつつつ。こんなにあつあつの天ぷら、今まで食ったことがねえや」

「この前、一度、お見世の台所で揚げたじゃない。ひどい。忘れたの？」

「ありゃあ、天ぷらなんてえ代物じゃなかったからな」

「確かに、ここの天ぷらには負けてたけどねえ」

合間に、お客の目の届かないところで、さくらと竜次も天ぷらをほうばる。

天つゆもなにもなくとも、下味がしっかり付いているところは、以前に食べて感激したままの出来上がりである。

「なかなかいけるで。下味にほんのちょっと長葱を使てるな」

竜次が、一口口にしただけで、言い当てた。

「ええっ。見たところ入っているように見えないですけど」

「白い葱をほんまに細こうにしてまぶしとるから見えにくいけどな」

衣の一部をはがして子細に見れば、なるほど葱らしき破片が見つかった。

「あ、さすが竜次さん。気づかせないほど少しだけ加えていたんですね。明日にでも寮で作ってみましょう」

「明日の朝、わいが鯵の買い出しに行ったるわ」

「竜次の懐の銭でな」

今まで黙って天ぷらを食べていたおるいが口をはさんだ。

「阿呆か。後でちゃんと番頭はんに出させるがな」

笑う竜次の上にも、おるいの上にも、そしてさくらの上にもちらほら白いものが降りかかる。日差しは暖かで、白い雪片は地面に落ちないうちに消え去っていく。

皆の喜ぶさまを思い浮かべれば嬉しくなった。

「今度はわたしに揚げさせてください」

竜次からタネを受け取って、油にタネを放り込む。油がうれしげにじゅわっと良い音を立てる。

前に揚げたときはぎこちなかった。思い切り良く油に放り込むことができなかった。見世の台所で天ぷらを揚げたときも今一つで、竜次に注意された。

だが、今は、自分でも思い切り良く、滑らかに動く気がした。

「なかなか手際がええやないけ」

料理をしてもよいとの許しをもらうのに半年近く、それから五カ月余り……手放しでほめてくれたのは初めてだった。

「ほんとですか」と聞き返すのは止めた。

竜次のことだ。うっかりほめてしまったとばかり、余計な事を付け足すに違いない。

「さあ、いらっしゃい」

「さくっさくっ！　中はしっとりの鯵の天ぷらだよ」

「ここでなきゃ食えねえ秘伝の味でえ」

三人で気持ちを合わせて揚げまくり、売りまくる。

「どんどん、売るぞ。へい、いらっしゃい、いらっしゃい。江戸前の鯵の天ぷらだよ」

おるいが黄色い声で叫ぶ。

「あつあつの天ぷら、いかがですか。しっかり味がついた絶品！　鯵の天ぷらですよ」

さくらも声を張り上げる。

天ぷらをほうばる、嬉しそうな客の顔、顔……。

わたしもいつか自分のお店を開いて、お客さんにこんな顔をしてもらおう。

「さあ、さあ、鯵の天ぷら、どんどん揚げますよ。揚げたてあつあつ。食べていってください！」

浮き立つ心でさくらは晴れ間ののぞく空を見上げた。

編集協力／小説工房シェルパ

本書は書き下ろし作品です。

風待ちのふたり
薫と芽衣の事件帖

倉本由布

岡っ引きの薫と、薫の下っ引きの芽衣のあいだがちょっとおかしい。薫は芽衣を避け、芽衣は独りで頼みごとを引き受けることに。お稽古ごと仲間の父親が年の離れた若い女に逢っていて、女には小さな子どもがいるらしい。芽衣は薫ぬきで謎に挑むが……。たまにはすれちがうけど互いが好き、薫と芽衣の友情事件帖。

よろず屋お市
深川事件帖

誉田龍一

幼い頃、実の父母が不幸にも殺され、お市は岡っ引きの万七に育てられる。よろず請負い稼業で危険をかいくぐってきた万七だが、彼も不審な死を遂げた。哀しみのなか、お市は稼業を継ぐ。駆け落ち娘の行方捜し、不義密通の事実、記憶のない女の身元、ありえない水死の謎――持ち込まれる難事に、お市は独り挑む。

ハヤカワ
時代ミステリ文庫

姉さま河岸見世相談処

志坂　圭

四十近くで容色おとろえないのは吉原七不思議——酒好きの元花魁の七尾姉さんは、落籍されたのに吉原に舞い戻り、千歳楼という見世を営む変わり者。人の情がめっぽう深く、諸々悩み事を解いてゆく。ある日、気がふれた花魁の謎と真っ黒こげの骸があがった騒動が……酒呑みの度胸一つで難事を丸く収めてみせる。

按針《あんじん》

仁志耕一郎

英国の航海士ウィリアム・アダムスは、荒れ狂う海原に呑まれるも豊後に漂着。やがて徳川家康への接見を契機に、関ヶ原の合戦に駆り出される。そして死地を生き延びたアダムスは、家康から日本名・三浦按針を授けられ、やがて日本を愛し、平和のために家康を支える覚悟を決めてゆく。「青い目の侍」の冒険浪漫。

ハヤカワ
時代ミステリ文庫

著者略歴　大阪府茨木市生，吹田市在住，作家　著書『吉原美味草紙　おせっかいの長芋きんとん』『吉原美味草紙　懐かしのだご汁』

HM=Hayakawa Mystery
SF=Science Fiction
JA=Japanese Author
NV=Novel
NF=Nonfiction
FT=Fantasy

吉原《よしわら》美《び》味《み》草紙《ぞうし》
人騒《ひとさわ》がせな蟹祭《かにまつ》り

〈JA1478〉

二〇二一年四月　十　日　印刷
二〇二一年四月十五日　発行
（定価はカバーに表示してあります）

著者　出《で》水《みず》千《ち》春《はる》
発行者　早川浩
印刷者　矢部真太郎
発行所　株式会社　早川書房
郵便番号　一〇一 - 〇〇四六
東京都千代田区神田多町二ノ二
電話　〇三 - 三二五二 - 三一一一
振替　〇〇一六〇 - 三 - 四七七九九
https://www.hayakawa-online.co.jp

乱丁・落丁本は小社制作部宛お送り下さい。
送料小社負担にてお取りかえいたします。

印刷・三松堂株式会社　製本・株式会社フォーネット社

ISBN978-4-15-031478-1 C0193

本書は活字が大きく読みやすい〈トールサイズ〉です。